期間限定の契約妻ですが、敏腕社長の激愛で身ごもりました

m a r m a l a d e b u n k o

ひなの琴莉

JN052516

marmalade bunko
マーマレード文庫

目次

期間限定の契約妻ですが、敏腕社長の激愛で身ごもりました

期間限定の契約妻ですが、
敏腕社長の激愛で身ごもりました

プロローグ

キッチンで朝食の準備をしている真っ最中。

ふわふわのスクランブルエッグがもうすぐ完成しそうなところ。バターの香りが漂ってきた。

恭平《きょうへい》さんはホットコーヒーを飲みながら新聞を眺める。

穏やかな朝だった。

(あんなに素敵な人と結婚したなんて信じられない。……期間限定だけど)

早朝から恭平さんのスマートフォンに着信が入る。

「Hello…」

英語で対応しているところをみると相手は仕事関係だろう。

声のトーンが低くなった。

心配になって視線を移すと、恭平さんの表情がだんだんと曇っていく。

「That should not be……」

どうやら電話を切られたみたいだ。険悪な空気が流れている。

彼はテーブルに置いてあるリモコンを持ってテレビのスイッチをつけた。

『続いて〝KOTOBUKIウエディング〟代表取締役社長、市原《いちはら》氏の偽装結婚についてです』

アナウンサーがカメラ目線で発言すると、画面が切り替わった。

そこに映ったのは、恭平さんの妹のいずみちゃんだ。

彼女はモデルの仕事をしているので、テレビで見ることもしばしばあるからどうってことはない。

しかし、恭平さんは画面を睨《にら》みつけている。

『私の兄は、偽装結婚だったんです……』

いずみちゃんが神妙そうな表情を浮かべながら、インタビューに答えていた。

(な、なにこれ……?)

私は呼吸をするのも忘れて画面をじっと見つめた。

『兄は……会社のために身を粉にして働いているので……。これ以上……辛い思いをしてほしくなくて、打ち明けることにしました』

恭平さんは、舌打ちをしてテレビを消した。そして、こちらに近づいてきた。

「美佐子《みさこ》、大変なことが起きた」

恭平さんに視線を向けて真剣に耳を傾ける。

「今の電話は〝DDD&M〟の秘書からだ。今後について一方的に用件を伝えてきて電話を切られたんだ」

「そ、そんな……っ」

金槌《かなづち》で頭を強く打たれたような衝撃が走り、めまいを起こして倒れそうになった。しっかりしなければと気を持ち直す。

「もしかするとマスコミが家にも押しかけてくる可能性がある。知らない電話には応対しないこと。落ち着くまでは、身の安全のため外出はしばらく禁止だ。コンシェルジュにも来客をすべて断るように伝えておく」

まるで仕事の指示を与えるかのように、テキパキと話を進めていた。

「いずみは、なにが目的で話をしたんだ。わからない……」

こめかみを押さえてため息まじりで言う。

本当にいずみちゃんはなにを考えているのか、理解できない。

(私と恭平さんの関係が二年で終わると知っているのに、なんで……？)

「先方にはあれはフェイクニュースだと伝えたが、妹がそんなことを暴露するはずがないと信じてもらえなかった……。大激怒しているそうだ。いずみはモデルをしているから影響力が大きい。余計なことをしやがって……」

珍しく怒りをあらわにしている。こんな彼の姿をはじめて目のあたりにした。

しかし、いずみちゃんの発言は嘘《うそ》ではない。

私たちは愛し合っていないのに、二年間という約束で期間限定の偽装結婚をした。

会社の利益を上げるために、夫婦関係になったのだ。そうするしか道はなかった。

その真実を世間に知られてしまったら大きな批判を浴び、会社の信用はガタ落ちする。社外ではいずみちゃんだけが知っている重要秘密事項だった。

恭平さんは、スーツのジャケットを羽織り鞄《かばん》を持った。

「身内に対しても絶対に否定してほしい、妹と喧嘩《けんか》したとでも言って家族を安心させてやってくれ」

「わかりました」

「今日は戻れないかもしれない。行ってくる」

「行ってらっしゃい」

夫は、朝食を口にすることなく、家を出て行ってしまった。

食べてもらえなかったスクランブルエッグを冷蔵庫に片づける。

体の力が抜けて、呆然《ぼうぜん》としてしまう。

私は、幼い頃から恭平さんに憧れていた。
この結婚は永遠に片想《かたおも》い。いずれ離婚というゴールが決まっている。
相当強い覚悟で、この道を選んだ。
会社の経営が安定するまで、愛する人を陰ながら支えていこうと思っていた矢先。
結婚してまだ四ヶ月なのに、こんな大きな事件が起きてしまうとは……。

第一章

〝ＫＯＴＯＢＵＫＩウエディング〟は、全国に結婚式場やホテル、レストランを有し、国内外に一万人のスタッフが勤務する大企業だ。

本社は、五十階建ての自社ビルが東京都新宿区《とうきょうとしんじゅく》にそびえ立つ。

一階には、パンフレットやドレスのサンプルが置かれている店舗。

二階から十階まではクリニックやテナントが入り、その上には様々な企業が賃貸で入っている。

三十五階から四十階は〝ＫＯＴＯＢＵＫＩウエディング〟が事務所として使用し、四十一階から四十九階までは全室スイートのホテル。最上階にはウエディングパーティーができるレストランがある。

そんな有名企業の経営者が私の実家の隣に住んでいた。閑静な住宅街にひときわ目立つ一軒家で地元の人々は『お城』と呼んでいる。白を基調とした素敵な建物だ。

市原家の父とうちの父は小さい頃から親友同士だったが、市原家はこの街でも有名な資産家。

我が家はごく普通の家庭だけど、私の父が恭平さんのお父さんを小学校のとき、いじめから助けたことをきっかけに仲よくなったそうだ。

そういうわけで私は、生まれたときから十歳年上の幼馴染《おさななじみ》である市原恭平さんと知り合いだった。

妹のいずみちゃんは私の同級生で、小さい頃から手足が長くてかわいらしい女の子。いずみちゃんは後妻の連れ子だったが、兄と妹の関係は良好でいつも仲よさそうに一家は暮らしていた。

旅行のお土産を持ってきてくれたり、一緒に遊んでくれたりして、うちの家族ともいい付き合いを重ねていた。

恭平さんは、私が飽きるまで遊んでくれ、勉強も教えてくれる。恋愛感情はなくても、やさしくてかっこいい大好きなお兄ちゃんだった。

私が八歳のとき、川で溺れかけたところを助けてくれたことがきっかけで、私の小さな胸に恋心が宿り、それからずっとずっと片想いだった。

だけど自分の気持ちを伝えたことはない。

年の差もあるしあんなに素敵な人が私のことを恋愛対象として見てくれるはずがないとわかっていたから。

時が流れ、大学を卒業した恭平さんは、外国の企業で勉強したいとのことで渡米した。

いつもそばにいたのに、急に会えなくなってしまって寂しくて仕方がなかったのを覚えている。

恭平さんと私は仲がよかったのに、いずみちゃんとはあまり遊んだ記憶がない。

中学生の頃から読者モデルをしていた彼女は雲の上の存在だった。

いずみちゃんは、小学校と中学校まで一緒だったけど、高校はお嬢様しか通えない私立高校に入学することになっていた。

中学を卒業し高校の入学を控えた春休みに、恭平さんのご両親は出かけ先で交通事故に遭い他界した。

日本に戻ってきた恭平さんは取り乱すこともなく、隣で泣きじゃくるいずみちゃんを慰めながら立派に喪主を務めていた。

高校生になろうとしている妹を一人にしておくわけにはいかない。

そして会社を潰せないと、二十五歳という若さで家業を継ぐことになった。

ところが突然先代社長が亡くなり、経営陣の意見の相違などあって、会社の経営が危なくなったと、うちの父が気にかけていたのを聞いて知った。

日本に戻ってきてくれたのは嬉《うれ》しかったが、肉親を失った悲しみと大変すぎる状況を聞いてしまい、笑顔で話しかけることはできなかった。

その頃から経営悪化を阻止するため、恭平さんはルックスのよさを生かして雑誌やテレビなど、会社の宣伝のためにメディアに露出することが多くなった。

独身のイケメン社長ということで、アイドル並みに騒がれていた。

恭平さんは身長が一八〇センチのスラッとした体型だが、よく鍛えていて筋肉質だ。黒髪のショートを仕事のときはセンターに分けて、スッキリとしたヘアスタイル。綺麗《きれい》な二重と筋の通った鼻筋と形のいい唇。陶器のようにツルツルな肌。かなりの美形である。

この美しすぎる容姿と大企業の社長ということで女性がいつも近づいてきて、うんざりしていると話していたことがあった。それほどに目立つ存在の人なのだ。

日本に戻ってきた恭平さんとゆっくり話すことができず、『時』が流れた。

先代社長が亡くなってから五年後には、恭平さんはリーダーシップを発揮し、会社は安定した経営に入った。

私は大学生になり、進路で悩んだ。『誰かの幸せに貢献できる仕事がしたい』と漠然と思い、恭平さんの話を聞いてブライダルプランナーを目指した。

いくつか就職先を探し、恭平さんの会社も受けることにした。

コネを使って入ったと言われたくなくて、恭平さんに連絡をせずに面接に向かった。

中に入ると取締役社長の恭平さんは面接官として座っていなかった。

逆にそのほうがやりやすく、ブライダルプランナーとして働きたい気持ちを精一杯伝えた。

それがよかったのかなんとか合格し、恭平さんの会社の社員として働けることになったのだ。

これからは幼馴染のお兄さんとして接するのではなく、会社の社長として付き合っていかなければならない。

ずっと片想いをしていたが、自分の中で踏ん切りがついた。

わざわざ社長に挨拶するのもおかしな気がして黙っていたが、入社式の夜、恭平さんから電話がかかってきた。

『うちの会社に入社してくれたんだな。履歴書を見ていたから知っていたけど、あえて言わないんだなと思って、こちらも連絡をしていなかったんだ』

『ご挨拶遅れました。一生懸命働きます！　よろしくお願いします！』

『あはは、硬い挨拶だな。こちらこそ、よろしく』

そうして私は社会人としての一歩を踏み出した。


入社して三年目の初夏。

私はブライダルプランナーとして仕事をし、充実した毎日を過ごしていた。

お客様の要望を聞いて企画を出し、一緒に幸せの結婚式を作り上げていく。

結婚式が終わった後は満足そうな表情を浮かべてくださり、感謝の手紙をもらうことも多々あった。この仕事が自分にはすごく向いていると思っていた。

しかし、自分の恋愛はまったくダメだった。ブライダルプランナーという仕事をしているのに……。

これじゃいけないと思って、合コンなどにも参加したけれど、恭平さんという極上な男性を知っているので、他に目を向けられなかった。

恭平さんは幼い頃から素敵だと思っていたけど、同じ会社で働くと、仕事もできるし気配りもでき、誰とでも隔たりなく接することができる。理想の社長だった。

私はますます不釣り合いだと思って、彼とは一線をおいた。

昔のように幼馴染としてプライベートで会うこともなくなった。

でも、恭平さん以外を好きになるのは無理だった。叶《かな》わぬ恋心がどんどんと膨む。

もしかしたら私はずっと独身なのかもしれないと思いはじめていた。

そんな中、先代社長の友人の会社が経営破綻した。先代社長がその会社に多額の融資をしており、うちの会社は大きな損失を被《こうむ》ることになったのだ。

経営が安定してこれからさらに業務拡大するところだった。このままでは会社としての体力が持たない。

恭平さんは、なんとか会社を存続させるため、業務提携できるところを探すことにした。営業のため世界中を飛び回り奮闘する日々。

社員も大変な事態だからこそ心を合わせて頑張ろうと仕事に励んでいた。

そんなとき〝DDD&M〟という世界的に有名なドレスメーカーがウエディングドレスに力を入れると情報をつかんだのだ。

すぐにアメリカへ飛び、CEOとの面談を申し込んだ。

〝KOTOBUKIウエディング〟は海外に進出しているがまだまだ世界的には有名ではなく、これから伸ばしていこうと考えているところであった。

一方の相手企業は、世界で有名な大企業である。簡単には会ってもらえなかったのだが、恭平さんは熱いメッセージを込めた手紙を送り面会が実現した。

そして努力が実を結び、業務提携することになったのだ。

株価が一気に上昇し、経営が上向きになる。

大好きな会社でこのまま仕事を続けられると安心し、これからも社員としてついていきたいと私は思っていた。


そんなある日。

仕事が終わって帰宅した私に恭平さんから連絡が入った。

『大切な話があるから家に来てほしい』

『わ、わかりました』

呼び出されるほど、仕事で重大な失敗をしてしまったのか、不安で仕方がなかった。

急いで家に行きチャイムを押す。玄関の扉を開いた恭平さんは神妙な顔をしながら出迎えてくれ、リビングルームに通された。

『突然呼び出して申し訳ない』

幼い頃は何度も訪れた家なのに、張り詰めた空気感のせいか心臓が口から飛び出そうだった。

ソファーに腰を下ろした。手のひらに汗をかいていて、膝の上でギュッと握っていた。なにを言われるのだろうと緊張で頭が真っ白だった。

『今付き合っている人は？』

『えっ』

思いもよらない質問をされたので、口を開けてポカンとしてしまった。告白でもされるのだろうか。まさかそんなはずはない。と、頭の中で考えていて、なかなか言葉が出てこなかった。

『いるのか？』

催促され慌てて口を開いた。

『いないです！　今まで誰ともお付き合いしたことはありませんっ』

なにを暴露してしまったのだろうかと反省する。

大人の女性になり、しかもブライダルプランナーという仕事をしながら恋愛経験がないなんて情けない。

こんな私だから違う部署に異動しろとでも言われるのだろうか。自分なりに努力してきて好きな仕事だったのにと残念な気持ちになった。

『そうか。それはよかった』

どこか安心したような表情を見せた彼はテーブルの上で指を組んだ。

まるで仕事モードになったようだった。

『実は人助けをしてほしいんだ』

『人助け……ですか？』

しっかりと頷《うなず》いてまっすぐに見つめられた。恭平さんの瞳に吸い込まれてしまいそうで私は目をそらすことができなかった。

『俺と結婚してくれないか？』

『け、結婚？』

これまた意外すぎることを言われたので、脳みそに酸素が送られない状態になってしまう。気絶しそうになった。

『期間限定でいい』

『期間限定……』

『〝DD&M〟の件は知っているよな？』

『はい』

『CEOがこんなことを言ってきた。『結婚式場の経営者なのだから、自身を使って式場でプロモーションするならそれに協力する』と』

たしかに大きな宣伝効果を生むと思うが、でもなぜ相手が私なのだろう。

『まさか、恭平さん……恋人、いないんですか?』

『いたらこんなこと頼まないだろう』

『……そうですよね』

頭がパニック状態で、細かいところまで考えられなくて質問してしまった。

『こちらとしては、まだまだ立場が弱いんだ。従わなければすぐに契約破棄される。まずは実績を作らなければいけない。それまでは先方の言う通りにしなければいけない』

『おっしゃることはわかりますが、でも…』

大事なことなのですぐに返事なんてできない。

恭平さんへの気持ちがどんどんと深くなり、どうしていいかわからなくなっていたところ、期間限定婚を持ちかけられたのだ。

青天《せいてん》の霹靂《へきれき》というのはこういうときに使う言葉なのだと悟った。

『結婚しても仕事は続けていいんですか?』

『社長夫人となるのだから基本的には、仕事は辞めてもらうことになる』

『……そうなんですね』

仕事が大好きで楽しくて仕方がない。もっといろんなことを勉強してお客様に喜んでもらうことを目標にしていた矢先だった。退職しなければいけないなんて、辛かった。

『美佐子には大きな心の負担をかけてしまうことを重々承知している。しかし、会社を救うには自分が結婚する姿をプロモーションとして使うしかない。頼む』

恭平さんは頭を下げてきた。

私のことを恋の対象として見てくれていないのが充分に伝わった。

一方で私の中には恋心がある。結婚して一緒に暮らせば好きな気持ちが膨らむだろう。そうなれば辛くなる気がした。

『どうして……私なんですか？』

『……昔から知り合いだから、説得力があるかと思って』

もしここで少しでも気があるようなことを言ってくれたら、心が救われたのかもしれない。思わずうつむいてしまった。そんな私の頭上に言葉が降ってくる。

『結婚の期間は二年と約束しよう。もちろんキスやセックスもなしだ。それに契約金を一億用意する』

『契約金なんて必要ありません』

その言葉を聞いてやっぱり私のことは恋愛対象として見ていないのだとわかった。

しかしこの私に対して一億という数字を出してきた。それほど切羽詰まっているのだろう。

『これって偽装結婚っていうことですよね？　私は幼い頃から嘘だけは絶対ついちゃダメって言われて育ってきて……嘘は、苦手なんです』

『本当に申し訳ない。俺との生活は二年でいい。付き合ってもらえないか？』

大好きな人が困っている。プライドもあるだろうに会社のために必死で頭を下げているのだ。これを無下にするのは、人として違う気がした。

大好きな仕事を辞めるのは大きな決断だったけれど、大切な会社と恭平さんを守りたかった。

『……わかりました』

『ありがとう。プロモーションビデオを作ろうと思っているし、コマーシャルも流す予定だ。顔が世間に晒《さら》されるがそこも了承してくれるか？』

『覚悟しておきます』

『すぐに契約金を用意する』

『いえ、契約終了後で大丈夫です。この結婚は企業の利益を上げるためですよね？』

『そうだ』

『それならちゃんと結果を出してからお金をいただかなければ。あと、契約終了後に離婚となると会社のイメージダウンになってしまいます。そのときは私がどうしても夢ができてしまったと言って外国に行くことにします』

きっと二年間一緒に暮らしたら、心が彼色にもっと染まって同じ会社で働くのは無理だろう。

同じ日本で暮らすことすら切なくなるのが予想できる。契約期間が終われば私は海外に行くしかないと考えた。

『そこまで考えてくれて、感謝する』

彼の気持ちを優先したい。助けたい思いで受け入れることにしたが、不安で胸が押しつぶされそうだった。

物音がして振り返るといずみちゃんが立っていた。話を聞かれてしまっていたようで、顔が強張《こわば》っている。

『お兄ちゃん……偽装結婚するの？』

『会社を立て直すためには仕方がないことなんだ。いずみは心配しなくていい。それと他言無用で頼む』

なにか言いたそうにしていたけれど、いずみちゃんは二階へと無言で上がっていった。

それからは、滝が流れて行くように、あっという間に物事が進んでいった。

まずは、うちの両親への挨拶をした。

『美佐子さんのことを一生涯幸せにします。僕にお嬢さんをください』

隣で頭を深く下げている恭平さん。私も一緒に頭を下げた。

本心で言ってないことはわかっていたけれど、でもこのフレーズを大好きな人に言われたら胸がキュンとする。

私も一生彼についていきたいと思ってしまうような。そんな錯覚を起こした。

両親が真実を知ったら泣いてしまうかもしれないから、期間限定婚ということは伝えないでおいた。

『恭平君なら大切な娘を任せることができる。逆にうちの娘で大丈夫か？』

『はい。美佐子さんでなければ将来添い遂げたいと思えません』

父は私のことを本当に大事に大事に育ててくれた。かわいくて仕方がないというのが今でも伝わってくるのだ。

『美佐子、おめでとう』

母は満面の笑みで祝福してくれる。両親は大喜びだった。

特に母は私が小さい頃から恭平さんに憧れていたことにも気がついていたようで、どこでそんなふうになったのかと興味津々だった。

『一緒に働くようになってから距離が縮まったんです。な？』

『うん！』

今は嘘をつくしかない。嘘をつくことで安心させることができるのだ。

でも、騙《だま》していることに胸が痛くなった。

私は嘘が苦手だ。しかし今は会社を救うために仕方がないと自分に言い聞かせていた。

十二月に入籍と結婚式を行うスケジュールが組まれた。退職は十一月末日で決定した。

〝DDD&M〟へ入籍することを伝えると、かなり喜んでくれたそうだ。

今までにない特別でスペシャルなドレスを用意すると約束してくれた。

『これで関係性は強固なものになる』

恭平さんは安堵《あんど》した様子だった。その姿を見ていると私の心は和んだ。

うちのサロンに〝DDD&M〟のデザイナーが常駐することになった。

キャンシーという女性で、〝ＤＤ＆Ｍ〟が厳しい審査をして合格した一人。ベリーショートの髪型に赤縁のメガネをかけてハキハキと喋《しゃべ》る人だった。

この頃からプロモーション映像を作るための撮影が開始された。キャンシーと打ち合わせする様子もプロのカメラマンが映すことになった。

はじめはカメラがある状況に慣れず体がガチガチだったが、撮影してくれるスタッフもプロなので緊張をほぐしてくれた。

キャンシーはイメージを膨らませるために、私の顔や全身の写真を撮影した。そして体の採寸をした。

『世界一満足なドレスを届けるわ。楽しみにしていてね』

キャンシーは日本語が堪能だが、私と恭平さんの結婚がシークレットというのはうまく伝わっていないみたいだった。

仕事中にキャンシーから電話がかかってくることも多々あった。いつまでも社内で秘密にしておくことはできない。しかしバレるのも時間の問題だと思い恭平さんに相談をした。

『必要なところへは報告をほぼ済ませたから、社内にもそろそろお知らせしようか』

八月中旬、まずは雨宮涼子《あまみやりょうこ》マネージャーに伝えた。

雨宮さんは新入社員のときの教育係で直属の上司だ。恭平さんと小中高の同級生で仲がよく、恭平さんが社長になってから転職して一緒に働くようになった。男女を超えた親友のような存在である。

背が高くてスラッとしていて、ボブヘアーで素敵な女性で憧れの存在だった。

信頼できる関係でもあり彼女には期間限定の結婚だと伝えた。かなり驚いていたが会社を救うために協力すると言ってくれた。

私たちの偽装結婚を知っているのは、秘書の奥田さんと雨宮さん、いずみちゃんだけだ。会社を安定させていくためには、必要最低限の人にしか知らせないで進めていくしかなかった。

雨宮さんに伝えてから数日後、部署内に公表された。

結婚が発表されると会社内では祝福ムードに包まれ、シンデレラストーリーだともてはやされ、いたたまれない気持ちだった。

世間へは婚約したと書面で発表した。大手企業のイケメン社長と一般人の女性が結婚ということで世間でもちょっとした話題になった。

一生結婚できないだろうと思っていたのに、こんなことになるなんてと信じられない気持ちだった。人生なにがあるかわからない。

結婚式の準備はほぼ恭平さんが担当した。愛し合っている二人の結婚式ではなく、宣伝のために行われるのだから、私は口を出す権利がなかった。

ブライダルプランナーとして少し寂しかったけれど、これは普通の結婚ではないのだと言い聞かせていた。

業務提携した世界的なドレスメーカー〝DDD&M〟が制作したウエディングドレスを着て、プロモーション映像に出るというのが私の役目だ。

私と恭平さんがドレスの打ち合わせに行くところや、その帰りにレストランでお茶をし、まるでデートを楽しんでいるかのようなシーンを撮り重ねていったのだ。

平日は、今までやってきた仕事の引き継ぎをし、休日は撮影。大変だったがこれも大好きな会社を助けるためだと励んでいた。

退職するまでのカウントダウンがはじまり、寂しさを感じながら毎日を過ごしていた。

そして十一月末日。部署の仲間に見送られて私は寿退職した。

嘘を貫き通すのは心苦しかったけれど、ここで働いている社員の生活を救うためと自分を納得させていた。

十二月に入り、ドレスが完成した。あまりにも美しいから逆に辛かった。

幸福な気分で着たかったというのが本音だ。

結婚式に向かって着々と準備が進むが、妻になるという実感がなかなか湧かなかった。

そして婚姻届を役所に提出し、私は宮沢《みやざわ》美佐子から市原美佐子になり、恭平さんの提案でマンションに引っ越ししたのだ。

今まで恭平さんは一軒家でいずみちゃんと二人で暮らしていたが、家を出たほうが新婚らしいと二人で暮らすことになった。

ひとつ屋根の下に男女が一緒に住むと思ったら、平静でいられず、いちいち彼の行動に反応していたけど、懸念は不要だった。

3LDKの部屋で夫婦の寝室は別々。

どこかで期待している自分もいたけれど、恭平さんは私のことに干渉しない。

まったくその気がないのだと思い知らされた。

それでも堂々と妻としてウエディングドレスを着こなし、振る舞わなければいけない。

自分の選んだ道は、予想していた以上に険しいものだと思い知らされた新婚生活だった。

十二月中旬に私たちは結婚式の当日。

カーテンを開けると曇り空だった。まるで私の気持ちを表しているかのよう。ただ雲の隙間から一筋の光が差してきて、心が軽くなった。

苦しいことの後には必ずいいことがある。そう信じて結婚式に向かうしかなかったのだ。

〝DDD&M〟と業務提携することはすでにプレスリリースされこの式は、お披露《ひろ》目《め》の意味も込められていた。

ホテルの中にあるチャペルで人前式の結婚式を行うため、朝早くから会場へ向かった。

会場に到着すると早速準備がはじまる。

完成したドレスは、それはそれは素晴らしかった。

胸元には華やかな煌《きら》めく花刺繍《ししゅう》があしらわれ、カットが美しく絶妙にデコルテラインが綺麗に見える。

腕まである長袖のレースが上品だ。

ふんわり広がったプリンセスラインのレースがとてもかわいらしく、しなやかさと女性らしさを兼ね備えた素敵なドレスだった。

ウエディングドレスを美しく着ることができるように、数ヶ月間だが運動も頑張って体を引き締めた。

こんなに素敵なドレスを着こなせるのか危惧していたが、オーダーメイドということで見事に体にフィットした。

ウエディングドレスに袖を通すと身が引き締まる思いがした。

アップにされた髪の毛の上には、まばゆい光を放つティアラが頭で輝く。ヘアメイクをしてもらい鏡に映る自分を見て不安になった。

プロの手によって美しく仕上げてはもらっているけれど、プロモーションとして私のような一般人が役に立てるのだろうか。

人前に顔を晒すことになるのが恐ろしく、体に力が入ってしまった。

恭平さんと会社を守るため踏ん張っていたのだ。

『美しいですよ、奥様』

テレビや小説のワンシーンみたいな言葉を言われて耳を疑った。これが現実に起きていることなのだろうかと。

私は今は恭平さんの妻だと言い聞かせて、笑みを浮かべた。

控え室で待っていると、恭平さんが入ってきた。

光沢がある紺色のタキシード姿の彼は、まるで王子様のようだった。あまりにも素敵すぎて心臓が鷲《わし》づかみされたみたいだった。

胸がこんなにも痛くなる経験をしたことがなくて、かなり動揺していた。

目の前にやってきた恭平さんは私のことを上から下まで眺めた。そして目を細めてつぶやいたのだ。

『美しい』

合格をもらえたと思って安堵した。だから恭平さんも素敵ですねとか気の利いた言葉を言うことができなかった。

『美佐子。俺との結婚を選んでくれてありがとう』

偽装結婚なのに。期間限定の結婚なのに……と思いつつ、あたたかい言葉をかけられたような気がして、泣きそうになった。

でも綺麗にメイクをしてもらっていて崩れては困るので、笑顔を浮かべるだけだった。

『ではそろそろお時間です』

呼び出された私たちは頷いた。名の知れた企業の方々が参列されるとのことで、私の緊張はピークだった。

愛を誓う場ではなく完全なる宣伝だと思うからこそ、喉がひっつきそうになるのだ。入場すると一気に視線が向けられる。身内や友人だけではなく、企業の関係者が大多数を占めているためか独特な雰囲気が流れていた。

人前式の後には盛大に結婚披露パーティーが開かれ、ドレスを五着も披露し、着替えだけで目まぐるしい時間を過ごした記憶しかない。

こうして私たちは、期間限定の夫婦となったのだ。


準備段階から結婚式当日まですべてカメラが入っていたので、疲れが溜《た》まっていた。私は退職したので家にいてゆっくりすることができたけど、恭平さんは精力的に仕事に励む日々。

プロモーション映像は、一月からホームページで流された。

さらにはウエディングレストランで使われているテーブルや椅子のメーカーも私たちをチラシに起用し、広告を掲載していた。

世界的に有名なドレスデザイン会社と契約を結べたことで、最悪だった経営状態を立て直すことができる見込みが立っていた。

大々的な広告を打って有名女優がコマーシャルに出てくれ、一部メディアでは『人気モデルいずみの兄、〝KOTOBUKIウエディング〟代表取締役社長、一般女性と結婚』と記事になっていた。

仕事で忙しい彼とほとんど一緒に過ごすことはなく、朝早く出て夜遅くに帰ってくる。

私は起きて待っているけれど、帰宅後、彼は自分の部屋に入ってしまうのだ。

リビングで疲れてうたた寝している彼を見たときは胸が痛くなった。自分にできることはないのだろうかと。

ふと目を覚まして私に見つめられていることに気がついた恭平さんは、頭をかきながら『寝てた』と苦笑いをしていた。

彼の人間らしいところを見て、少しでも癒《いや》しの時間を提供できたらと思った。

『もしよければ、朝食や夕食……私の作ったものでよければ食べませんか？』

期間限定の結婚生活。本当の妻ではない。余計なことを言ってしまったかと思ったが彼は嬉しそうに頷いた。

『美佐子が作ってくれるならいただきたい』

それから私は美味《おい》しいご飯を作ろうと毎日頑張るようになった。

◆

結婚して四ヶ月が過ぎた。

期間限定の結婚生活だけど、彼のプライベートな空間で一緒に暮らすことができて幸せだ。

時間が合えば私の手料理を食べてくれるし、必ず美味しいと感想を言ってくれる。

いつも完璧な恭平さんだけど、寝起きでたまに髪の毛が跳ねていたり、起きたばかりは顔がむくんでいたり。

そんな姿を見られるのも私にとってはレアなこと。

何気ない毎日の生活だけど一緒に過ごしていることだけでも幸せなのだ。

これが二年でなくなってしまうと思うと、寂しくて仕方がない。

代表取締役が自らプロモーション役となって結婚式を行ったので、売り上げは上昇していた。会社の経営も安定して、たくさんの社員の生活も守られる。

いろんな人に嘘をついた結婚だけど、大好きな恭平さんの願いを叶えられることができた。

このまま静かに時が流れるのを待ち、二年間の結婚生活を終えたら海外へと旅立つつもりだ。

束《つか》の間《ま》の愛する恭平さんとの結婚生活を満喫したい。と言っても、ただの同居生活だけど……。

そんな気持ちで今日も朝食を作っている。

キッチンで朝食の準備をしている真っ最中。

ふわふわのスクランブルエッグがもうすぐ完成しそうなところ。バターの香りが漂ってきた。

恭平さんはホットコーヒーを飲みながら新聞を眺める。

穏やかな朝だった。

(あんなに素敵な人と結婚したなんて信じられない。……期間限定だけど)

早朝から恭平さんのスマートフォンに着信が入る。

「Hello…」

英語で対応しているところをみると相手は仕事関係だろう。

声のトーンが低くなった。

心配になって視線を移すと、恭平さんの表情がだんだんと曇っていく。

「That should not be……」

どうやら電話を切られたみたいだ。険悪な空気が流れている。

彼はテーブルに置いてあるリモコンを持ってテレビのスイッチをつけた。

『続いて〝KOTOBUKIウエディング〟代表取締役社長、市原氏の偽装結婚についてです』

アナウンサーがカメラ目線で発言すると、画面が切り替わった。

そこに映ったのは、恭平さんの妹のいずみちゃんだ。

彼女はモデルの仕事をしているので、テレビで見ることもしばしばあるからどうってことはない。

しかし、恭平さんは画面を睨みつけている。

『私の兄は、偽装結婚だったんです……』

いずみちゃんが神妙そうな表情を浮かべながら、インタビューに答えていた。

(な、なにこれ……?)

私は呼吸をするのも忘れて画面をじっと見つめた。

『兄は……会社のために身を粉にして働いているので……。これ以上……辛い思いをしてほしくなくて、打ち明けることにしました』

恭平さんは、舌打ちをしてテレビを消した。そして、こちらに近づいてきた。

「美佐子、大変なことが起きた」

妹のいずみちゃんが私たちの結婚を『偽装結婚』だと暴露してしまったのだ。

せっかく業務提携できた世界的有名なドレスメーカーから、今後について一方的に用件を伝えられたのだ。

まさかこんなことが起きてしまうなんて思わなかった。

私たちは二年間という約束で、会社の利益を上げるために夫婦関係になったのだ。そうするしか道はなかった。

その真実を世間に知られてしまったら大きな批判を浴び、会社の信用はガタ落ちする。

恭平さんは、スーツのジャケットを羽織り鞄を持った。

「身内に対しても絶対に否定してほしい、妹と喧嘩したとでも言って家族を安心させてやってくれ」

「わかりました」

「今日は戻れないかもしれない。行ってくる」

「行ってらっしゃい」

夫は、朝食を口にすることなく、家を出て行ってしまった。

食べてもらえなかったスクランブルエッグを冷蔵庫に片づける。

体の力が抜けて、呆然としてしまう。

結婚してまだ四ヶ月なのに、こんな大きな事件が起きてしまうとは想像もしていなかった。

恭平さんが外出してから私はしばらくぼんやりとしていた。

やっとの思いで外国の有名ドレスメーカーと業務提携をし、注文がたくさん入ってきた矢先だった。

誰もが知る大企業の社長が偽装結婚だったなんて、ワイドショーのネタになるのも頷ける。

世間に叩《たた》かれることをわかっていながら、いずみちゃんはなぜ口外したのだろう。

気が沈んでしまうが、落ち込んではいられない。

まずは私にできることがないか、自分なりに考えてみよう。

情報収集するためにテレビをつけると、どのチャンネルも私たちの偽装結婚のことで盛り上がりを見せていた。ネットニュースもSNSも偽装結婚の話題で持ち切りだ。

『偽装結婚した社長のところで結婚式なんて絶対にしたくない！』

『私はいずみちゃんの味方だよ！』

『嘘つき夫婦！』

『結婚式を予約してましたが、キャンセルすることにしました』

拡散されていくスピードの速さを目の当たりにして、体が小刻みに震えてきた。

流れてきた情報が本物なのかどうか確認することもせずにポンポンアップしていく。

恐ろしい世の中だ。

一企業の社長と一般人の私の結婚がなぜここまで騒がれるのかと言うと、恭平さんは誰もが知っている〝ＫＯＴＯＢＵＫＩウエディング〟の代表取締役社長だからである。会社が落ち込んでいたときに恭平さんはルックスのよさを活《い》かし、メディアに『イケメン社長』として露出していたことがある。しかも、妹はカリスマモデルのいずみちゃんだ。話題にならないわけがない。

なにもできなくて悔しい。心苦しくて私は唇をかみしめた。恭平さんの言う通り、部屋から出ないで黙って指示を待つしかない。

母から電話がかかってきて、ドキッとした。

きっとテレビのニュースを見たのだろう。本当のことを言うか嘘をつき通すか悩んだが両親を心配させたくない私は嘘をつき通すことを決めた。

『美佐子、テレビ見たわよ。大丈夫なの？　あなたたちの結婚は偽装結婚だったの？』

「いずみちゃん、私のことが気に入らないみたいで……。お兄ちゃん子だし、嫉妬とか寂しさもあるんじゃないかな。でも事実無根なの」

『でも……妹に言われたらみんな信じてしまうわよ』

たしかにその通りなのだ。身内からの告発というのは影響力が大きい。

ここで本当は偽装結婚だったと言えば気持ちが楽になるのかもしれないが、愛する人のために嘘をついた。

「お母さんは知ってるでしょう？　私がずっと小さな頃から恭平さんのことが好きだったこと」

『ええ』

「嘘なんかじゃない。愛し合ってるよ。恭平さんは誰よりも私のことを大切にしてくれている」

愛情があるかは別として本当に彼は私のことを大事にしてくれているのだ。

「心配かけてごめんね。でも大丈夫だから。見守っててほしい」

『無理だけはしないでね。いつでも戻ってきてもいいんだから』

「ありがとう」

電話を切り、私は大きなため息をついた。

私になにかできることがないのか。部屋の中をぐるぐる回り考える。

食事をする気になれず、なんとか水分補給だけして時間を過ごしていた。

それでもなにもいい案が浮かばなくて、お手洗いをして、手を洗う。ため息をつきながら鏡に映った自分の顔を見つめた。

こげ茶のセミロングの髪の毛に、大きめの二重とぽってりとした唇。

身長もそんなに高くなくて、ごく普通の体型だ。おまけに特別美人でもなくて童顔である。

容姿だけで比較しても彼の隣に立つのはふさわしくないとわかる。

こんな私が大企業の社長に愛されて結婚なんて、世の中の人も偽装結婚だと疑ってしまうのも頷ける。

ただ、〝DDD&M〟に『本物の結婚だ』と信じてもらわなければ、会社の経営が悪化し、今働いている全社員を守っていくことができない可能性だってあるのだ。それだけは絶対避けたい。

夕方になり進展があった。

会社のホームページでお詫《わ》び文が掲載されたのだ。

『このたび世間をお騒がせさせている報道の件について。

社長と妹さんの間に感情的な行き違いがあり、今回の発言に至りました。偽装結婚などという事実はございません。

お客様や関係者からたくさんのお問い合わせをいただいておりますが、ご心配おかけして大変申し訳ありませんでした。

今後とも変わりなくご愛顧いただきますよう、社員一同心を合わせて精進してまいります。どうぞよろしくお願いいたします」

さらには、恭平さんの会社の前で待ち構えていたメディアたちに堂々と丁寧に対応する様子が夕方のニュースで流れた。

『このたびは、ご迷惑おかけして申し訳ありません。妹が感情的になり発言してしまった言葉です』

『妹さんが事実でないことを言ったということですか？』

マスコミがマイクを向けながら質問している。

『お恥ずかしいのですが、いつまでも兄離れのできないかわいい妹なんです。兄の結婚に動揺が収まらず発言してしまったのかもしれません。この結婚は妻を守るためにトップシークレットでしたので』

余裕がある笑顔で答える彼の姿を見て、さすがだと感心した。

二十二時を過ぎた頃、玄関の扉が開いた。恭平さんが帰ってきたのだ。

「おかえりなさ……」

恭平さんの後ろから顔を出したのは、いずみちゃんだった。

「突然連れてきて悪い。これから話し合いをする」

今日一日の対応が大変だったのだろう。かなりげっそりとしている。

私は鞄を受け取り頷いた。

いずみちゃんは、私たちのことを悩ませている張本人だ。いきなりの訪問に私の心臓が激しく鼓動を打つが、リビングルームに通しお茶を出す。

小さな顔に大きめのサングラスをかけているがオーラは消せていない。

モデルをしているため顔がバレてしまわないようにとの対策らしいが、逆に目立っていた。

サングラスを取って完璧な笑顔を向けられる。

くっきりとした大きな二重に長いまつ毛。高い鼻と薄くて小さな唇。背中まであるサラサラの黒髪ストレートヘアー。人形かと思うほど可憐《かれん》だった。

「いずみ」

恭平さんが話を切り出そうとすると、いずみちゃんは挑戦的な瞳を向けてくる。部屋の空気が一気に悪くなったような気がした。

「私は別に話すことはない!」

いずみちゃんは大きな声を出す。

「どうしてこんなことをしたんだ」

恭平さんが心底怒っているのが伝わってくる声音だった。

「お兄ちゃんは会社の社長としていろいろと責任ある立場だっていうのはわかるけど、自分の人生まで無駄にしてほしくないの。私はモデルというやりたい仕事をして本当に充実した毎日なの。やりたいことを自由にできるってこれほど幸せなことはないんだよ!」

いずみちゃんの言うことも一理あるなと思って私は妙に納得してしまった。

でも会社と社員を救いたい恭平さんの気持ちがわかる。

だから期間限定の結婚を考えついたが、会社を守るために彼自身の人生を謳歌《おうか》できていないのかもしれない。

私の選択が正しかったのかと悩む。

「しかし、会社に不利益になることぐらいわかるだろう？」

「お兄ちゃんは私のことをなんでそうやって責めるの？　私はお兄ちゃんのためを思って言ったんだよ！　どうして私の気持ちをわかってくれないの？」

だんだんとヒートアップしていくいずみちゃん。

「いずみ、お前も大人になったんだ。わからないか？」

いずみちゃんのスマホに連絡が入った。

「お疲れ様ですぅ！　わぁ本当ですか？　行きたいです！」

電話を切ると、いずみちゃんは立ち上がった。

「お世話になってるプロデューサーに誘ってもらったから行く」

「明日会見をすることになった。その後、発言を撤回すると約束しろ」

「それがお兄ちゃんの望みならそうする。でも……私は、もっと素敵な人と結婚してほしかっただけなの」

いずみちゃんが私をギロッと睨みつけ出て行った。部屋の中が静まり返る。

恭平さんが私に視線を動かした。どんな表情をすればいいかわからない。

「嫌な思いさせてしまって申し訳ない」

「いえ、記者会見するんですね」

「そうしなければ、世間を納得させることができず〝ＤＤ＆Ｍ〟も手を引くかもしれない。今日の話し合いでなんとかつなぎ留めている感じだ」

「そうですか」

「これからリモートで会議をする。遅くなるかもしれないから俺を気にしないで休んでいてくれ」

「あ、あの」

「心配するな。俺がなんとかする。いい子にして待っていてくれ」

偽装結婚なのに。

私のことを安心させようとしてくれている口調だから余計に切なくなってしまう。

恭平さんは腕時計で時間を確認してから、自分の部屋に入ってしまった。私は妻という立場なのになにも役に立てずに申し訳なくて、胸が痛くなりそっと手を当てた。

次の日。

朝食を食べ終えた恭平さんはいつも通りの表情をしているが、どこか緊張しているようにも見えた。

今日、十四時から記者会見を行う。

「恭平さん……」

「そんな泣きそうな表情をするな。俺は大丈夫」

記者会見は、然《しか》るべきところへ事前連絡をし、会場を押さえて、マスコミへの連絡とかなり大変だ。その上、短時間で準備しなければならない。

「俺はメディアに出ることでいろんな方に商品を知ってもらったんだ。だからマイナスのときもメディアに出て説明する必要がある」

彼の並々ならぬ決意を聞いて、私も身が引き締まる。

会社にも問い合わせが多く社員も対応に困っているとのことで、恭平さんが矢面に立つことに決めたのだ。

「私にできることがあったら、遠慮なく言ってください」

「ありがとう。行ってくる」

出勤するのを見送り、いつものように掃除や洗濯をして時間を過ごす。そして午後になり、私はテレビの前に待機した。

十四時、恭平さんが登場した。一斉にフラッシュが浴びせられている。司会進行が説明をしていた。

『本日は皆様お集まりいただきありがとうございます。〝KOTOBUKIウエディング〟代表取締役社長市原より話があり、その後、質疑応答に移らせていただきます。その際は所属とお名前を名乗っていただき質問をしてください。限られた時間ですので途中で終了することもご理解ください。では、市原社長よろしくお願いします』

カメラの前に立っている恭平さんはいつものように堂々としていた。

『本日はお忙しいところお集まりいただきありがとうございます。モデルをしている妹のいずみが、兄である私の結婚を偽装結婚だという発言をしました。それから会社にたくさんのご意見の電話をいただいたのですが、今日は私の口から説明させていただきます。まず結論から申しますと、いずみが言ったことは事実無根です』

私は画面越しにその様子を見ていた。会社を守るために戦う恭平さんの姿に涙があふれた。

説明が終わると質疑応答に移っていく。

『事実無根であるならば。なぜ妹さんがそんなこと言ったのでしょうか？』

『私が働きすぎているからと心配していたそうです』

恭平さんは堂々とした口調で答えていた。

この記者会見を行うことで、どれほどの人が味方になったのかわからない。しかしきっと味方になってくれる人がいるはずだ。

記者会見が終わってから三十分後、いずみちゃんはSNSで発言をした。

『兄の会社に対してしてしまった発言を撤回します。私は兄のことを大切に思うあまり、先走ってしまったようです。二人は心から愛し合っていて、夫婦として関係を築き上げています。偽装結婚なんて言葉を使って世間の皆様を惑わせてしまったこと心よりお詫び申し上げます。完全にいずみの勘違いでした！　お兄ちゃんに怒られちゃった。こんないずみですがファンのみんなよろしくね！』

急展開だったので、私の思考は追いついてなかった。ただコメントを出してくれたおかげで報道が落ち着くのを期待したい。

世間がいずみちゃんの言葉を信じてしまった理由は、彼女が人気者だからというのもある。それに加えプロモーション映像には夫婦として出演したが、実際にプライベートで出かけたことはないので目撃情報がなにもないのだ。

信じてもらうために二人で一緒に過ごしているところを見てもらうのも一つの方法なのではないか。

これだけメディアに晒されたのだから、たくさんの人に仲がいいところをアピールしていくしかない。

ただ恭平さんは、私に対して恋愛感情を抱いていない。大切な休日を一緒に過ごすということで負担になってしまわないか。しかし、今のところこの方法しか思いつかなかった。

その夜。遅い時間に恭平さんが帰宅した。鞄を受け取り、うがいと手洗いを終えてリビングに入ってくる。

「記者会見、お疲れ様でした」

「美佐子が画面の向こうで応援してくれていると思うと勇気が湧いた。ありがとう」

私なんてなにもできてないのに、お礼してくれる彼の心の広さに感動する。

「いずみちゃん、発言撤回してましたね」

「あぁ、それもあって〝DDD&M〟を説得しギリギリつなぎ留めることができた」

「よかった……」

安堵して膝から崩れ落ちた。恭平さんが支えてくれる。

「大丈夫か?」

「は、はい」

近すぎる距離に目眩《めまい》を起こしてしまいそうだ。

「しょ、食事は？」

「今日は栄養ドリンクしか口にしていないんだ。家に帰ってきたら急に腹が減った」

「すぐに用意しますね」

自分の部屋の前で立ち止まり、私から鞄を受け取って中に入った。

恭平さんが着替えてくるまでに料理を並べておく。もしかしたら帰ってこないかもしれないと思ったけど、準備しておいてよかった。

彼は和食が好きなので煮物を作っておくことが多い。味の染みた大根が大好きだそうだ。一緒に住むようになって知った情報。

彼のことをもっともっと知りたいと思ってしまう。

着替えを済ませた恭平さんは食卓テーブルにつく。そのタイミングであたたかいご飯と味噌汁《みそしる》をテーブルに置いた。

「いい匂いだ。いただきます」

お腹《なか》が空《す》いていたのか、黙々と食事を続けている。きっと大変な一日だったに違いない。考え込んでいると、彼から柔らかな視線が注がれていることに気がついた。

「あまりにも美味しかったから無言で食べてしまった。今日も美味しいご飯を作ってくれてありがとう」

「……いえ、こんなことくらいしかできませんけど」

「かなり幸せだ。幸せすぎる」

「えっ？」

「あたたかい料理を口にすることができるということが幸せなんだ」

この空間が幸せだと言ってくれているのかと思ってちょっと期待してしまった。

私が勝手に片想いをしているので、頭の中がお花畑みたいになってしまっているのかもしれない。まるで少女漫画の主人公になったかのように……。

食事が終わると私は素早くお茶を用意する。

ゆっくり提案する時間がないと思ったので、自分の部屋に戻ってしまう前にテーブルに湯呑を出して恭平さんの目の前に腰をかけた。

「今回の件、心配させて悪かった。そもそも俺が期間限定の結婚をお願いしたせいだ。しばらくマスコミが多いだろうから外出は控えたほうがいい」

「私は大丈夫です。覚悟して結婚したのですから」

「そんな言葉を言わせることが申し訳ないんだ」

「会社としてできることはやってくださいましたし、いずみちゃんも発言は撤回してくれました。それでも世間に広まってしまった噂《うわさ》は簡単には覆すことができないと思うんです」

「たしかにそうだな」

恭平さんは頷いた。

「私たちの結婚が本物であると証明しなければ、世間は納得してくれません。そうなれば、〝DDD&M〟は世間の評価を気にして、今度こそ本当に契約破棄という流れになってしまう可能性だってあります」

真剣な眼差《まなざ》しと耳をこちらに向けてくれていた。

「提案があるのですが」

「あぁ、教えてくれ」

「一緒に出かけているところを世間の方に見てもらうのはどうでしょうか？」

私の提案を聞いた恭平さんは眉間にしわを寄せた。あまりにも安易な考えだと思ったのかもしれない。

「美佐子が矢面に立つ必要はない」

「期間限定ですが今は妻なんです。私も会社を救いたい気持ちは一緒ですから」

真剣な眼差しを向けると、恭平さんは黙って私を見つめていた。

「美佐子の気持ちはわかった。しかし、今外出をしたらマスコミが追いかけてくるぞ」

「それは覚悟の上です」

私の強い眼差し以上に鋭い視線を向けられてしまう。

それでも私の気持ちは本気なのだということをわかってもらうために目をそらすことはなかった。

「美佐子には仕事を辞めてもらった。仕事だってまだまだやりたいことがあっただろうに我慢させている。それだけでも申し訳ないと思っていた。この結婚でそこまで負担をかけるつもりはなかったんだ……。期間限定の結婚生活だが幸せだったと少しでも思ってもらいたいと……」

言いかけて途中で言葉を止めてしまった。でも私のことを思ってくれているのは伝わってきた。

「そんなこと気にしないでください。恭平さんのやさしさは伝わっています。私も会社を救いたい気持ちが強くて。そのためにはこの結婚を本物だと思ってもらわなければいけないのです」

必死で伝えると彼は腕を組んでしばらく黙り込んでしまった。

でしゃばったことを言ったかもしれない。それでもどうしても伝えたかった。

「……少し考えさせてくれ」

立ち上がり自分の部屋に入ってしまった。ドアを見つめる。

私が矢面に立つのを避けたいと考えてくれているのだ。

自分があまり役に立てないことが悔しい。

切ない気持ちがこみ上げてきて、ただ黙っていることしかできなかった。

食器を片づけてから入浴をして自室に戻った。

ベッドに入るがなかなか眠ることができずぼんやりする。

いったいこの先どうなってしまうのだろう。

仲がいいことをアピールする作戦以外に方法はないのだろうか。私は悶々《もんもん》と考えていた。

トントン──ドアがノックされた。

こんな夜に話しかけられたことがないので驚いてベッドから起き上がる。

「美佐子、まだ起きてるか？」

「はい、起きてます」

心臓の鼓動が速くなり、期待と不安が押し寄せてくる。

ベッドから抜け出してドアを開くと、お風呂上がりなのか髪の毛が濡《ぬ》れている彼が立っている。

その姿は雨に濡れた王子様のようで素敵で息をのんでしまった。まるで特別な宝物を見てしまったかのような感じがした。

「さっきの話だが俺もよく考えてみた」

どんなふうに検討したのだろう。彼の声に耳を集中させる。

「やはり会社と従業員たちを救うためには、提案してくれた方法を試してみたい。苦労をかけるが協力してくれるか?」

私のことを思って悩んでくれていたに違いない。笑顔を浮かべてしっかりと頷いた。

「もちろんです! 一緒に頑張らせてください」

「心から感謝する。じゃあまた明日。おやすみ」

「おやすみなさい」

自分の部屋に戻り、また考えごとをする。

たくさんの人の目撃情報があれば偽装結婚だと思われなくなるかもしれない。

ただ、同じ『時』を過ごせば、恋心が暴走してしまいそうになる。

恭平さんは約束したことを必ず守る人だ。

ということは『二年間の結婚生活』というのは、どんなことがあってもひっくり返されることはないだろう。

未来には必ず離婚する日がやってくるのだ。

わかりつつも私は大好きな彼を救いたい。

そして大好きだった会社で働く人たちを守っていきたいという気持ちが強く、頑張るしかないと決意を新たにした。


次の日の朝五時。

いつも通りに朝食を作る。朝は卵料理と味噌汁を用意するのが日課だ。

朝からしっかりと食べるのが、彼の一日のスタートになるのだとか。

独身のときは、宅配の食事を注文して食べていたらしい。

「おはよう」

「おはようございます」

恭平さんは、ワイシャツ、ノーネクタイの姿で食事をはじめる。

「昨日の計画を決行していきたいと思っている。早速だが……次の休日、食事に行かないか？」

作戦を実行するために誘っているのだろうけれど、どこか恥ずかしそうにするので私も耳が熱くなった。

「いいですね」

「食べたいものを考えておいてくれ。それと外で話しているときに敬語だと上司と部下みたいな関係に見られたら困るから、昔のように敬語はなしで話さないか？」

「それはいきなりはちょっと」

「そうしないと世間に信じてもらえないだろう。今から敬語禁止」

「う、うん」

ぎこちないけれど世間にアピールするためには仕方がない。ずっと社長として接してきたから緊張するが、やるしかないのだ。

幼い頃の恭平さんはやさしくて穏やかだった。だんだんと距離が開くようになり、いつしか無愛想になってしまった。

それからほとんど話をしなくなって、私が入社して敬語で話すというのが普通になってしまったのだ。

昔のように普通に話せるようになればいいのだけど。

でも私に好きになられても困るだろうし、一定の距離を保っていかなければならない。

七時半、奥田さんの運転する車が迎えにやってきたと恭平さんの電話に連絡が入った。

奥田さんというのは、恭平さんの信頼する秘書だ。男性で年齢も同じ。中学校時代からの友人である。

爽やかに切り揃《きそろ》えられた短髪ヘアーに銀縁のメガネ。運動することがあまり好きではないらしくスラッとした体型だ。

仕事ができていつも愛想がよく私にも親切にしてくれる。

それでも私たちのことを応援し支えてくれる縁の下の力持ちだ。

「恭平さん、下までお見送りするね」

「大丈夫か？　マスコミがきっと外にいるぞ」

「アピールするチャンスじゃない？」

「そうだな。よし、行くか」

マンションの外に出るとカメラのフラッシュ音が聞こえる。

そんなにたくさんの人数ではないが、張り込みしていたテレビや雑誌の記者が何人かいるようだ。

そのうちの一人の男性記者が近づいてきた。

「偽装結婚というのは本当なんですか？　お客様を騙している気持ちに罪悪感はないんですか？」

心が痛くなるような質問をされた。

「記者会見でお話しさせていただいた通りです。事実無根です。しかしお客様を不安にさせてしまったのは事実ですので、誠心誠意働いて理解を勝ち取っていきたいと思っております」

私は顔を隠すこともせず堂々と恭平さんの隣を歩く。

「おはようございます、社長、奥様」

車のドアを開けて奥田さんが待っていてくれた。

後部座席に恭平さんが座る。

窓を開けて手を伸ばし、私の頬《ほお》を大切そうになでた。

（恭平さんの手……大きい）

普段することじゃないので心臓が壊れそうなほど激しく動く。キュンキュンしすぎて倒れそうだが精一杯冷静な表情を向ける。

負けじと顔を近づけて満面の笑みで「行ってらっしゃい」と言った。

運転席に戻ってきた奥田さんは車を発進させた。

記者が興味ありげにまた近づいてきたけれど、私は軽く会釈をしてマンションの中に入った。

私はメディアに出るのに慣れていない。これからプレッシャーの日々が続くかもしれないが、なんとしても恭平さんを支えたい一心だった。

◆

「ただい……」

帰宅したのは深夜一時を過ぎたところ。リビングにいる美佐子の姿が目に入った。先に眠っていていいと言ったのに、起きて待っていてくれたようだ。しかし、睡魔に負けてしまったのかソファーの上ですやすや眠っている。

美佐子は結婚してから絶対に俺が帰る前に部屋に戻っていたことはない。起こしてしまわないようにそっとブランケットをかけた。そして顔をじっと見つめる。

（かわいい……。ずっと見ていられるな）

許されることなら、自分のベッドに連れ込んで添い寝したいぐらいだが……。

『キスやセックスもなし』

そんな約束をして期間限定の結婚をした。

過去に美佐子に嫌われることをしてしまい、本当の気持ちを言えずにいたのだ。


彼女が二十歳の頃——。

俺は会社を立て直すのに必死だった。連日、接待の毎日だったのだ。

アルコールは嗜《たしな》むが、接待で呑《の》むのは苦手だ。自分のペースを乱されるのは苦痛で仕方がない。

あの日はたくさん呑まされてしまった。帰り道、ふらふらしながら歩いていると美佐子に声をかけられた。

人数合わせで行った合コンだったらしく、帰る途中に俺と遭遇したらしい。

『恭平さん？』

『美佐子。こんな時間に危ないぞ？』

『もうそんな子供じゃないもん』

『そうだよな……』

苦笑いを浮かべて頭をポンポンとなでた。

幼い頃からかわいい妹のような存在として接してきたが、大人になったんだなと思った。

それと同時に合コンに参加したと聞いて嫌な気持ちが胸を支配していた。

その心にある感情がなんなのかは自分では理解できていなかった。

『酔ってるの？』

『酔っ払ってる。接待だった』

『なるほどね……。私、これから帰るところだから、一緒に帰ろう』

『あぁ、助かる』

タクシーに乗って自宅まで到着すると、俺は泥酔状態だった。

俺の長い腕を美佐子の肩に乗せて、担ぐようにして歩いてくれた。

『いずみちゃんは？』

『今日は仕事で戻ってこないみたいだ』

『そっか……じゃあベッドまで送り届けるね』

彼女は躊躇《ちゅうちょ》しながらも、家に入ってくれた。

『水が飲みたい』

『ちょっと待ってて』

美佐子は俺をリビングのソファーに座らせてから、ウォーターサーバーの水を汲《く》んだ。

『どうぞ』

ゴクゴクと喉を鳴らして飲んだ。家に戻ってきたと思ったら急に安心して強い眠気に襲われた。瞼《まぶた》を閉じると美佐子は必死で俺の肩を揺すった。

『ここで眠ったら風邪を引くよ！　ベッドに行こう？』

俺のことを大事にしてくれる、亡くなった母親みたいだなと思った。

美佐子は何度も遊びに来ていたが、俺の寝室に入ったことはなかった。

二階までなんとか上がって扉を開き、眠ってしまいそうな俺の体を動かしてベッドに寝かせてくれた。

薄っすらと瞳を開くと、困惑した表情を浮かべていたのを覚えている。

一方の俺はアルコールのせいで頭がぼんやりとしていた。

俺のために一生懸命肩を貸して、部屋まで連れてきて、介抱してくれた。

美佐子のことが今まで以上にかわいく見えてしまったのだ。

ずっと昔からそうだったのだが美佐子といると、癒されて本当の自分でいられる気がしていた。もしかしたら馬が合うのか。

女性は嫌になるほど近づいてきて、どちらかというと嫌いな存在だったのに、美佐子は自分にとって唯一、本心が出せる特別な相手だった。

(他の男なんかに渡したくない)

なぜかこのとき、強く自覚した。

そんなことを思っていると美佐子は意を決したように手を伸ばしてきて、ネクタイを緩めてくれた。

美佐子は交際経験がないはずだ。だからこうして男と密着したことがなく、そのせいで手が震えていたのだろう。

俺が苦しそうにしているのを見ていられなかったに違いない。こんなにいい子は世の中にいるのだろうか。首がすっかり楽になった。

美佐子が俺から離れようとしたので、反射的に手首をつかんでしまった。そのまま引っ張り強く抱きしめた。

思わず『俺の彼女にならないか?』と言ってしまいそうだったが、酔っ払った男に言われたって説得力がないだろう。

ちゃんとした『時』に気持ちを伝えたいと思った。

『きょ、恭平さんっ？』

『両親を失ってからプレッシャーが大きかったんだ……』

『……そうだよね』

『今日は絶対に契約を結びたいと思って、呑みすぎてしまった』

両親を失ってから俺は精神的にしんどい毎日だった。

若くして代表取締役社長となり会社をまとめるのは本当に大変だった。

そんな辛い気持ちも美佐子を抱きしめると、なんだか緩んでいく気がしてついつい気持ちを吐露したのだ。

『俺も……誰かに甘えたい夜がある。今日はそばにいてほしい』

『えっ、あ……え？』

困惑した様子だったが、俺は美佐子を離さないで強く抱きしめたままでいた。

『わかったよ。私、今夜はここにいるから安心して眠ってね』

美佐子を隣に置いて眠った。

そして朝になりそっと瞳を開いた。

夢ではなかった、美佐子はそこにいた。

（ま、まさか！　俺は）

驚いてガバッと起き上がった。

『美佐子……？』

無性に愛《いと》おしくなって、そばにいてほしくて、甘えてしまった記憶を思い出し、頭に血が上りそうになった。

こんなことしたら嫌われてしまう。

ピュアで純粋そのものの美佐子に添い寝をさせてしまうなんて最低最悪だ。

潤んだ目で見つめられるので、前髪をかき上げて思わず嘘をついてしまった。

『酔っ払っていて記憶がないんだ……』

『だ、大丈夫。なにもなかったし！　ただ相当お疲れだったようで、そばにいてほしいって言われたから、添い寝していただけたよ』

俺は額に手のひらを当てて大きなため息をついた。

『いくら酔っ払ったからって、他の女性に対しても絶対にこんなことはしないんだ』

『わかってるよ。ひどいことをするような人じゃないって。私のこともそういう対象に見てないってわかってるから。気にしないで』

『いや、あのな？』

自覚してしまったばかりの気持ち。それを次の日に口にするのは軽すぎるような気がして言葉にできなかった。

『帰る』

『美佐子！』

慌てて名前を呼ぶと彼女はこちらに振り返った。今にも泣きそうな顔だった。

これは絶対に嫌われてしまったパターンだと、嫌な音が胸の中を駆け巡っていた。

『ご両親が心配しているだろうから。家まで送っていく』

俺が責任を持って幸せにしますと挨拶に行こうと咄嗟《とっさ》に考えた。

『今日は不在だから、大丈夫。それに家はすぐそこだし』

『本当に申し訳なかった。美佐子は幼い頃から癒し系というか。俺にとってはかわいい妹という感じで……ついつい甘えてしまったのかもしれない』

『気にしないで。じゃあ』

両親を失って会社の代表になってからはあまりぐっすり眠ることができなかった。

それなのに、美佐子が隣にいてくれただけでこんなにも深く睡眠を取れるなんて自分でも驚きだった。

それから美佐子のことを考える時間が多くなって、自分は彼女に恋をしているのだとはっきり自覚した。

しばらくすれば、また会いに来てくれるかもしれないと期待していたのだが、彼女が姿を現すことはなく……。

生活パターンも違っていたからばったり会うこともなかった。

謝るために誘おうかとも思ったが、その後どうしたいのか。自問自答する日々だった。

美佐子のことを好きになってしまい、恋人になりたいと願う一方、歳の差が十歳もあり、彼女からすれば自分はおじさんだ。

大学時代という華々しい時間を俺が無駄にさせてしまうのは申し訳ない気もした。

俺が真剣な気持ちを伝えたら美佐子はやさしいからきっと恋人になってくれていただろう。

大切に思うからこそ身を引いてしまったのだ。

あの日から俺と美佐子の距離感が広がった。

気がつけばプライベートで会うことはなく、会社の社長と社員という関係になっていた。

それ以降、美佐子は敬語で話すようになった。

おそらくあの日、完全に嫌われたのだ。

そのまま数年過ぎ……。

自分の中でだんだんと彼女への想いが深くなり、どうすればいいのか困惑していた。ところが業務過多で毎日倒れるように眠る日々。その上、父親の代で多額の融資をしていた会社の経営破綻が明らかになり、企業として大ピンチを迎えていた。

恋とか愛とか、そういうことも忘れ必死で働き続けた。

そしてやっと大企業と業務提携することができたのだ。それが〝DD&M〟だった。

ところが『自分の結婚式を使ってプロモーションするなら協力する』と言われ俺は頭を抱えてしまった。

結婚するなら美佐子しかいない。しかし、あんなに穏やかでいい子にこんな重たいことを頼んでもいいのだろうか。

そもそも俺は美佐子に嫌われている。結婚してほしいと伝えても絶対に断られてしまうだろう。

それならなんとか彼女を手に入れたい。大人の男の邪《よこしま》な思考が渦巻いた。

ずるい手を使ったと思われてしまうかもしれないが、会社が困っていることを伝え美佐子のやさしさに付け込んで結婚のお願いをすることにした。

もしこの作戦がうまくいって夫婦になることができたら、いつか自分に恋をしてもらえるよう、本気で落としていくしかない。

そして作戦を決行。美佐子は迷いながらも同意してくれた。冷静な表情を浮かべていたが立ち上がり雄叫《おたけ》びを上げたいくらい嬉しかった。

ただ、契約金の話をして期間限定と言ってしまって、取り返しのつかないことをしたと後悔の念も強い。

でも必ず会社を立て直す。そして美佐子を心から大切にして二年間の契約の間に振り向かせたい。そう自分の中で密《ひそ》かに決意していた。

しかし、いずみがしてしまった発言で大変な事態に巻き込んでしまった。

眠っている彼女の頬にそっと手を添えて顔を見つめる。

(絶対に幸せにするから)

心で強く誓った。

美佐子が瞼を揺らした。慌てて離れる。

ゆっくりと瞼を開けた彼女は、ぼんやりと視線を彷徨《さまよ》わせてから俺に目を向けてふにゃっと笑った。

(かわいすぎるだろ)

不意打ちすぎて鼻血が出そうだ。

「寝ちゃってた……」

「寝ててもいいと言っただろ?」

「そんなわけにはいかないよ。でも寝てたら同じことだよね」

苦笑いしている。健気《けなげ》なところも俺が好きになってしまうポイントなのだ。

「美佐子、今週末はどうしたいか決めたか?」

「まだ……なかなか決められなくて」

「せっかく春を迎えたから、花が美しいところで食事をして散策でもしないか?」

「素敵!」

素直に喜んでくれている姿を見ると胸の奥が強く締めつけられる。

このまま彼女のことを抱きしめたい衝動に駆られたが、過去に一度失敗しているので、ここは堪えどころだ。

「もう四月も終わってしまうが、これからが様々な花が咲くそうだから」

スマホを取り出して目的の日本庭園があるホテルを見せた。美佐子が顔を近づけて覗《のぞ》いてくる。

近距離に来ると彼女の持っている天然の甘い香りが鼻の中を通り抜けた。

手を伸ばせば届くところにいるのに、契約違反になってしまう。焦るな、俺。

両想いでないのが悔しくてたまらない。

「楽しみ」

「予約しておく」

「ありがとう、恭平さん」

穏やかな時間が流れていた。大変な問題など今は忘れるほど幸せだった。

◆

デート当日の朝を迎え、軽く朝食を済ませると私は外出する準備をはじめた。

楽しみなのとパパラッチに後をつけられるのではないかという不安とで、ほとんど眠ることができなかった。

普段は親密ではないのでちゃんと信じてもらえるのか。今日はできる限りのことを頑張ってこよう。

隣を歩いても恥ずかしくないようにおしゃれをしなきゃ。派手すぎず地味すぎないように。

恭平さんが前に買ってくれたうぐいす色のワンピースを着て、髪の毛はハーフアップにしてメイクを入念にした。大きすぎる目が子供っぽく見えないようにいつもより大人っぽくアイラインを引いた。

鏡を何度も見ながらチェックを重ねる。

「これで大丈夫かな……」

準備を終えてリビングルームに行くと、カジュアルにジャケットを羽織った恭平さんと目があった。

仕事でのスーツ姿も素敵だが、休日のお出かけファッションも似合っていて思わずフリーズしてしまう。

雑誌に掲載されているスーパーモデルみたいだ。

目のやり場に困って、酸素を吸い込むのも忘れてしまった。

固まっている私に近づいてきた恭平さんが柔らかな笑みを浮かべてくれた。

もっと美人だったらよかったのにと不安が押し寄せる。

「とても似合っている」

「え、あ、ありがとう……！」

まさか褒められると思わずに声が震える。

その上二人きりのシチュエーションでタメ口で話すのは、やっぱり緊張してうまく言葉が出てこない。

でも慣れておかないと、外出先で目撃されたときに違和感を覚えられたら困る。

「じゃあ行こうか」

「うん」

実を言うと結婚してから夫婦で食事に行くのがはじめてだった。というか人生はじめて父以外の男性と二人きりで外出する。

エレベーターに乗るとさりげなく恭平さんは私の手を握ってきた。いきなりのことでびっくりして横を見ると、彼は余裕な表情だ。

「仲がいいことをアピールしなければいけないんだから仕方がない」

「そうだよね」

いちいちドキドキしていたら、心臓が持たないだろう。

マンションを出ると、パパラッチがカメラを向けてくる。待ち構えているというのは予想していたけれど、実際にシャッターを切る音を聞くと嫌な気持ちが押し寄せてきた。

運転手が扉を開いて待機していたので、素早く後部座席に乗り込んだ。車が走り出すと加速していた心臓の鼓動が少しずつ落ち着いてきた。

正直いつまでこのような状況が続くのだろうと思うけれど、一緒に戦うと決めたのだから頑張るしかない。

私は膝の上でぎゅっと握りこぶしを作った。

隣に座っている恭平さんは窓の外を見て小さなため息をついている。

恭平さんは、代表取締役社長という立場なのでほとんど自分で運転をしない。万が一事故に遭ったら、指揮を執る人がいなくなる。

とは言っても運転するのは嫌いではないそうなので、たまには自分でドライブをしたいと話をしていた。

「いつまで写真を撮り続けるんだろうな」

「うん……」

運転手には聞こえないように小さな声で話しながら私たちは車に揺られていた。

ホテルに到着すると従業員がすぐに迎えにやってくる。日本庭園がある有名なところで私もテレビで要人が宿泊したと見たことがあった。

足音を吸い込む絨毯《じゅうたん》が敷き詰められていて、老舗ながらも丁寧に掃除が行き届いている。重厚感のある内装に私の心は躍《おど》っていた。

それと同時にこういうところにはほとんど来たことがなくて、それらしく振る舞えるか恐怖心もあった。

予約してくれていたのは、鉄板焼レストランだ。

カウンター席に案内されて、目の前でシェフが焼いてくれるスタイル。

窓の外には日本庭園が広がっていて、店内は庭園を見やすくするために、少し暗めの照明である。

恭平さんは社長の息子ということもあり、こういうところに来るのは慣れているのかもしれないけど、私はごく一般家庭の出身だ。こんな高級なレストランには誕生日くらいしか来たことがない。いや、誕生日でもほぼない。成人のお祝いで連れてきてくれたくらいだ。

しかしどこで誰が見ているかわからないので、慣れている風な感じを出さなければ。

「市原様、ご来店ありがとうございます」

恭しくシェフが頭を下げてきた。

「飲み物は料理に合わせて出してくれますか？」

「かしこまりました」

すぐに芳醇《ほうじゅん》な香りのする白ワインが運ばれてきて乾杯した。

白ぶどうの甘みが広がってすごく大人の味だ。スッキリしていてすごく口当たりがよくグイグイ呑むとすぐに酔っ払ってしまいそう。

まずは前菜が運ばれてきた。湯葉の上にウニが乗せられていて、口の中に入れるととろけてしまいそうだ。

あまりにも美味しくて思わず大きく反応してしまいそうだったが、普段から食べているような感じにしなければ誰が見ているかわからない。仲よしアピールにはならないのだ。

「甘くて美味しい」

「あぁ」

彼は余裕な雰囲気だ。

次に海鮮物が鉄板の上に用意された。

「本日は北海道《ほっかいどう》産ホタテのバター焼きと伊勢海老《いせえび》でございます」

シェフは丁寧に食材の説明をしてくれる。北海道産と聞くだけで鮮度がよくてとても美味しそうだ。

焼き上がるとシェフが食べやすいように一口大にカットしてくれる。とても切れ味のいいナイフだなと感心してしまった。

「どうぞ」

一口目は岩塩で。二口目はホテル特製のポン酢ソース。三口目はガーリックソース。どれも美味しくて頬が落ちそうになった。

メインの松坂牛《まつざかぎゅう》のフィレステーキは、赤みと上質な脂身のバランスがとてもよく、口の中に入れるとバターが溶けていくような感じがした。

こんな美味しいお肉を食べたら忘れられなくなってしまいそうだ。そして赤ワインを一口呑む。

（お肉とワインってこんなに組み合わせがいいんだ！）

食べることが好きになってどんどんぽっちゃりしていくかもしれない。そんなことを思いながら口に入れていた。

「美佐子、どう？」

「たまらないわね」

どことなくセレブっぽい喋《しゃべ》り方《かた》を頑張る自分が笑える。

恭平さんは私が無理をしていることに気づいているようで、微妙な笑顔を浮かべていた。

最後に鉄板焼レストランということでお好み焼きが用意される。これもまた上品で、今まで口にしたことがないような味だった。

デザートは繊細に盛りつけられた季節のフルーツとホテル自家製シャーベット。それに焙煎《ばいせん》されたホテル自慢のブレンドコーヒー。

お腹いっぱいになり大満足だ。

食事を終えた私たちは、庭園を散歩することにした。

レストランを出て歩き出すと、恭平さんは自然と私の手をつかんだ。思わず引っ込めようとしたが、私たちは本当の夫婦だとアピールしなければならない。

こんなことでいちいち挙動不審になっていては、世間に偽装結婚ではなかったと信じてもらえないのだ。

彼の手は大きくて私の手を包み込んでくれる。

(男らしい手……)

本当は指を絡ませてたほうが親密に見えるかもしれないけれど、こうして手をつなぐだけでも精一杯だった。

（心臓が爆発しそう）

ずっと幼い頃から憧れていた人と夫婦としてデートをしている。これが契約結婚でなければ幸せだったのにと切ない気持ちに支配された。

そんな気持ちを吹き飛ばすかのように、目に飛び込んできたのは大きな滝だ。東京の中心地だというのにこんなに立派な滝が見られるとは思わなかった。

「迫力があるね」

「あぁ。見事だ。世界中には魅力があるところがいっぱいある。時間を見つけて旅行したいな」

「うん、いろいろ見てみたい……ね」

本心で言っているかわからないので、曖昧な返事をしてしまった。

私たちの会話を記事にしてしまわれないかと不安な気持ちに襲われる。

思わず周りをキョロキョロと見たがそれらしき人はいなかった。

四月下旬になっていて庭園にはツツジやサツキが咲いていた。

花びらはフリルのようにかわいくて中心部が色濃く周りは薄いピンク色。とても美しい花だった。

もう少しゆっくり進んでいくと、ハナミズキがある。花を見ると繊細なその姿に心が奪われていた。

視線を感じて横を向くと恭平さんがこちらをずっと見つめている。

なにか顔についているかと思って瞳を泳がせた。

「なに？」

「楽しそうだなと思って。朝は緊張しているようだったから」

偽装デートなのに、思わず楽しんでしまっている自分がいてハッとした。

「ごめんなさい」

「謝ることないさ。楽しんでくれたらそれはいいことだから」

〝恭平さんは楽しい？〟

聞いてみたかったけれど、そんなはずはない。

会社がどうなるかそのことで頭がいっぱいになっているはず。私とのデートを楽しんでいる場合ではないのだ。

聞きたかったことは口にせずに笑顔を浮かべた。

悲しそうな顔に見られないように精一杯口角を上げて……。

私たちは花を見ながら会話をし、夕方になる頃に家に戻ってきた。

美味しいものを食べて素敵な景色を見て楽しいひとときだったのに、虚《むな》しさに襲われる。

恭平さんは家に戻ってきたらすぐに部屋にこもって仕事をはじめてしまった。忙しいのに無理をして今日の時間を作ってくれたのだ。

私が夫婦円満アピールをしようと提案したせいで彼に負担をかけてしまっている。申し訳ないことをしてしまった。だんだんと重苦しい気分になっていく。

あまりにも幸せな時間だったから空虚感がものすごく強い。

同じ空間にいるのに、世界中にたった一人取り残されたような心細い気持ちになって、思わずため息をついた。

幼い頃から楽しい時間のあとは、その反動で気持ちが落ち込む日が多かった。性格的な問題なのかもしれない。

(もし期間限定の結婚じゃなくて、これが永遠に続くとの誓いの下の結婚だったらまた違ったのかな)

いつまでも落ち込んでいられない。

気持ちを切り替えて夕食の準備をしようと立ち上がった。

第二章

ゴールデンウィークが終わり、世間は日常に戻りつつあった。

昼間のワイドショーでは相変わらず私たちのことで話題は持ちきりだった。

『若い頃からとにかくモテモテでしたからね。偽装結婚というのもありえるんじゃないでしょうか?』

本当なのかどうかわからないけど、過去に付き合っていた女性という人が顔を隠してインタビューに答えていた。

『おとなしくていい子でしたよ。自分の意見をあまり言わないタイプなんで、お願いされて受けてしまったんでしょうね』

私と同級生と名乗る男性が私の印象を話していた。

(なんなのっ。もう! あなたは誰?)

言いたいことを言われて、噂に尾びれや背びれをつけて勝手にどこまでも泳いでいってしまうような感覚だった。

このまま報道が過熱してしまえば、会社への影響が大きくなってしまう。経営破綻という最悪のシナリオも見える気がした。

好き勝手言われて本当に悔しい。反論できる方法はないのだろうか。

家の電話やスマホには、雑誌やテレビから独占的取材をしたいということで何本も電話がかかってきた。

(どこから情報を仕入れて連絡してきているの？　怖い……)

今は知らない番号には出ない。

常に誰かに見られているような気がして心休まる時間がなかった。

取材に応じて反論するという方法もあるかもしれない。

しかし、恭平さんは知らない人とは安易に話さないほうがいいと言って、私にそういうことをさせなかった。

『私たちは仲がいい、本物だ』ということをもっと世間にアピールしなければいけないと思った。

デートをしているところを目撃してもらって仲睦《むつ》まじい姿を見せるというのも一つの方法だが、それだけではこの世の中のゴシップのスピードに追いついていけない気がした。

SNSを使ってアピールするという方法はどうだろう。ものすごく恥ずかしいけれど自分の心にある気持ちをＳＮＳで発表すれば、私が夫を本当に愛していると信じてもらえるかもしれない。

それを読んだところで、恭平さんは会社を救うための嘘だと捉えるだろうけれど……それでいい。

期間限定結婚をしたのは事実だ。

結果的に世間に嘘をついてしまったことになる。でも、私が幼い頃から恭平さんに憧れていた気持ちは偽物ではない。

この気持ちを世の中に知ってもらうことができたら、嘘の結婚ではなく本物の結婚と思ってもらえるのではないだろうか。

そんな行動をすれば私が恭平さんのことが好きだという気持ちを本人に知られてしまう可能性もある。それでもなんとかしてこの状況から打開したい。

そうなるとインターネット上でアピールするのが一番だ。ただ、この秘めている思いは短い言葉では伝えきれない。

「どうしたらいいんだろう……」

スマホの画面をぼんやり見つめていると、たまたま芸能人のブログが目に入った。

覗いてみると赤裸々に日常生活が綴《つづ》られている。

これも仕事でやっていることだから、少しの盛りはあるかもしれないけれど。

ブログなら一定の文字数を使うことができる。これなら私にもやれそうだ。

しかし勝手にブログを開設するわけにはいかないので、戻ってきたら恭平さんに伝えよう。


『今日は取引相手と食事をしてくる。遅くなるかもしれないから眠っていて』

夕方に連絡が入ったので、作ってしまった食事は保存容器に入れて冷蔵庫にしまっておいた。

いつも遅くなるときは眠っていてとメッセージに書かれている。愛し合って結婚したわけじゃないのに気を使ってくれとてもやさしいのだ。

この前デートしたときもすごく気を使ってくれたし、家でもねぎらいの言葉をかけてくれ、おしゃれをすれば似合ってると褒めてくれる。

もしかしたら私のことを少し特別に思ってくれているのかもしれないと勘違いしてしまうほどだ。

（まさかそんなことはないよね……。私は幼馴染だから結婚相手に選ばれただけだし）

一緒に暮らしていて私だけがどんどん好きになっていく。この想いが爆発してしまったら私はどんなふうになってしまうのか。怖い。


結局、彼が戻ってきたのは深夜だった。

「ただいま。起きてたのか？」

「うん、まだ眠たくなかったし」

ブログのことも話したかったけど、帰ってくるのを見届けてからでないと眠れない自分になってしまっている。無事に戻ってくるかとか、一日を健康に過ごせたのかとか、気になるようになっていた。

「お風呂にする？」

「あぁ……そうする」

恭平さんはバスルームに向かった。入浴を終えたら二時を過ぎてしまうだろう。遅くなってしまうのでブログのことは後日相談しようかと迷いながら、ソファーに座って待っていた。

「なにか話があるのか？」

バスルームから戻ってきた彼が頭を拭きながら私に視線を向けている。

気を使わせないようにしているのに『話したいことがある』と顔にでも書いていただろうか。

今日は遅くなってしまうので話さないつもりでいたけど、話を振ってくれたので伝えることにした。

「ブログを開設してもいいかな……？」

「ブログ？」

予想外といった表情を浮かべていた。

「反論する場所が必要だと思って……」

「美佐子は心配しなくていい。俺とこうして結婚してくれただけでいいんだ」

「そんなわけにはいかないのっ」

思わず少し大きな声を出してしまった。

「すまない。真剣に考えてくれているのはわかる。だが……一緒に出かけているところを目撃してもらうだけでもいいんじゃないか？」

私は頭を左右に振った。

「テレビやメディアで素性がわからない人が顔を隠して言いたいことを言っている。そんなのは耐えられない。私はなにを言われてもいいけど、恭平さんのこととか会社のこととか好き勝手言わないでほしい」

悔しくて頬が熱くなり涙が出そうになった。それでも我慢して真剣な瞳を向ける。

「前にやった会見を見ていても恭平さんは本当に真摯に答えていたのに、質問してくる人たちはあたかも嘘だと決めつけて質問してくるじゃない？　すごく悔しかった」

力説する私の話を真剣に聞いてくれていた。

「美佐子、ありがとう」

私は頭を左右に振る。

「世間が私たちのことを批判しているなら、そこに立ち向かっていかなければ状況は変わらないんじゃないかなと思ったの」

「そうだな」

「だから妻としてできることをやらせてほしい！　幼い頃に恋をして……ずっと片想いだったという設定で書こうと思う」

設定なんかじゃない。本当に私は小さい頃から恭平さんのことが好きだった。でも今本当の気持ちを伝えたら彼は驚いてしまうだろうし、余計な負担をかけたくない。

嘘に嘘を重ねていく感じがして気持ち悪かったけれど、守りたいものを守るためには仕方がなかった。

「なるほどな」

「そして私たちもなるべく一緒に出かけるようにして。例えば旅行したことを記事にしたり、休日を一緒に過ごしたところを書いてみたり、写真をアップしたり……。そうすることでだんだんと信じてもらえるかもしれない」

恐怖心がないと言えば嘘になる。

今までは恭平さんだけが目立っていたが、私も世間の人たちの注目をもっと集めることになるだろう。それでも一度やると決めたことはやり抜きたい。

「信頼回復はかなり難しいからこそ、世間の人を味方にしていくしかないと考えたの。お願い。ブログを開設してみてもいい？」

恭平さんは立ったまま腕を組んでそのまましばらく思案した。

彼は私に負担をかけたくないのだろう。おそらくこんなことまでさせるために結婚したんじゃないとか思っていそうだ。

人生はハプニングがつきものである。だからこそ面白いのかもしれないけれど、当事者としてはとても厳しい状況だ。

期間限定ではあるが今は間違いなく妻という立場なのだから、私も恭平さんと同じ気持ちで戦い抜いていきたかった。

「わかった。有料のアカウントを取得するほうがいい」

「そうだね。ドメインもしっかり取ったほうがいいね」

「なりすましとかいるからな」

「うん。ちゃんと世間に信用してもらえるようにブログを作ってみる」

「あぁ。美佐子がそんなに言うならよろしく頼む。ただ本当に無理はしないでくれ。好きでもない男と結婚生活をしているだけでも負担をかけているんだから」

『そんなことない』と否定しようとしたが、私の心を知ったら恭平さんの重荷になってしまうかもしれない。

でも一つワガママを聞いてもらえるなら、最後の最後で「私はあなたのことが好きでした」と伝えさせてほしい。

ただ、そんな言葉を残していったら恭平さんは一生心に残って嫌な思いをしながら生きていくかもしれない。やっぱり私の恋心は秘めたままにしておくべきだろう。

「ありがとう。私は私のできることを頑張るから。恭平さんの一番の味方だということを忘れないでね」

心を込めて伝えた言葉に彼は反応をする。瞳が少しウルっとしたのだ。私の真剣な気持ちが伝わったようだ。

「頼もしい奥さんだ」

近づいてきた彼は今までにないくらいあたたかな笑みを浮かべて、大きな手のひらで私の頭をポンポンとなでた。

あまりにも自然すぎる動きだったので固まる。

「あんなに小さい子供だったのに、立派な女性になった」

熱を帯びた視線に絡め取られる気がした。

自分の心臓の音が激しく鳴り立ている。

「美佐子、あ……っ、いや、ありがとう」

(なにかを言いかけて言葉をすり替えた?)

恭平さんは自分の部屋に戻っていく。

「はぁ……」

体に溜まってしまった熱を吐き出すように、大きなため息をついた。

次の日、恭平さんを見送ってから私は早速ブログのアカウントを取得した。

有料プランだったのであっという間に公式マークが付与される。

個人的にもブログを更新したことがなかったので、まず使い方を覚えるところからはじめた。

チュートリアルが丁寧に作られていて、私でもすぐにアップできるまで技術が身につき、早速アップできたのだ。

五月十四日
＝＝＝＝＝＝＝＝＝＝＝
タイトル『はじめまして。〝KOTOBUKIーウエディング〟代表取締役社長　市原恭平の妻、美佐子です』

こんにちは。はじめまして。

世間を騒がせてしまって申し訳ありません。

連日の報道で様々な憶測が飛び交っており、私自身も自分の気持ちを伝える場所を作りたいと思いブログを開設しました。

私の気持ちが本物かそれとも偽りなのか。

世間の皆様に判断していただけたらなと思います。

あまりブログを書くことには慣れていないのですが、素直に綴らせていただこうと思いますので、皆様どうぞよろしくお願いいたします。

＝＝＝＝＝＝＝＝＝＝＝＝

はじめてのブログということでこれ以上なにを書いていいかわからず、緊張しながら投稿ボタンを押した。

次の日に確認すると、あっという間に登録者数が増えた。

思った以上に注目度が高い。プレッシャーに包まれる。

しかし、自分で決めたことなので、最後までやり抜き私の役割を果たそう。

◆

ブログを更新するようになり徐々にコメントが届くようになった。

あまりにも多いので、すべてに返事をすることはできないが、目を通していた。

応援してくれる人もいるが、批判的なコメントもたくさんあった。

一喜一憂しそうになる心を鎮めながら私はなるべく冷静な気持ちで見るようにしている。

友人からもテレビを見て『偽装結婚なんて信じられない』と冷たいメッセージが送られてくることもあった。そんなときはダメージが大きくて悲しくなる。でも甘いものを食べて気分を切り替えていた。

夕食を作り終えてブログの画面を見ていると、恭平さんが戻ってきた。

「おかえりなさい」

「ただいま」

出迎えて鞄を受け取る。

手洗いを済ませた恭平さんは、リビングルームに入ってきてテーブルに置いてあるパソコンに視線を向けた。

「かなりたくさんコメントがついているようだな」

「うん……」

「世間の人は言いたいことを言ってくるから、あまり気にするんじゃないぞ」

「わかった」

せっかく書いてくれたコメントなのだから真摯に受け止めたいと思っていたけれど、そんなことをすると私の心は病んでしまうような気がする。

「ご飯準備するね」

「ありがとう」

恭平さんはダイニングテーブルの椅子に腰を下ろした。

今日のメニューは白身魚のホイル焼きと、しらたきときのこの中華風味炒《いた》め、長ネギと豆腐となめこの味噌汁。それに自分でつけたキムチだ。

「どうぞ」

「いただきます」

背筋を伸ばして食事をする夫の姿を見つめる。コマーシャルでも見ているかのようだ。様になっていて、いつまでも眺めていられる。

「今日も本当に美味しい」

「喜んでくれてよかった」

忙しそうにしているから、食事でしっかりと栄養を摂ってもらいたい。これからもバランスの取れた料理を作っていこう。

「美佐子の手料理は心まで満たされる」

「そ、そう？　ありがとう」

穏やかな視線を向けられて頬が熱を帯びる。

（あぁ、これが普通の結婚だったらなぁ……）

長い腕に抱きしめられてみたい。

お姫様抱っこにも憧れる。

ドラマのような甘いひとときに憧れる。キス……してみたいな。

（食事中なのに私ったらなんていう妄想しているのっ）

「どうかしたか？」

「え？」

「顔が赤いから」

「なんでもない。大丈夫！」

（落ち着け私ー！）

なんとか甘い妄想の世界から戻ってくることができ、おかずを口に運ぶ。

「〝DDD&M〟から連絡があって、ブログをはじめたことを知ったそうだ。これから注視していくと言われた」

「それなら恭平さんにも協力してもらって、ブログに登場してもらわなきゃね」

「あぁ、そうだな。いろいろなところに出かけて、二人の思い出を発信していこう。今週はなにかしたいことはあるか？」

私は少し頭を捻《ひね》らせる。

「いつも豪華なディナーとか、素敵な場所でデートしているとなると、リアリティがない感じがするの。たまにはゆっくり家で過ごすとか。そこら辺に買い物に行くのもいいかも」

「なるほど」

私の話を真剣に聞いてくれる。そのまっすぐすぎる熱い眼差しが小さい頃から私は大好きだ。

見つめられると恥ずかしくて目をそらしてしまう。

今でも慣れなくて、見つめ返すことができない。

「今回はお揃《そろ》いのマグカップが欲しくて……」

「お揃いのマグカップか……」

恥ずかしかったのか恭平さんの耳が珍しく赤く染まる。咳払《せきばら》いをして冷静を装っているような表情を浮かべていた。

「美佐子らしい」

「私たち一応まだ新婚という感じなので……。夜は一緒にコーヒーを飲みながらくつろいでいるっていうのをブログで書きたいなと」

「それもそうだな。じゃあ土曜日は歩いて行けるところにしようか。新婚なら運転手とかつけないで二人きりでいたいと思うから」

「そうだね」

週末が近くなると、どこに出かけようとか、なにをしようという話をするようになった。

これも世間に夫婦円満をアピールするためだが、そうだとしても今週末も一緒に過ごせるなんて心が躍る。

ちょうど話し合いが終わった頃、食事も終えて彼は入浴しに行った。

(お揃いのマグカップが欲しいなんて……子供っぽいかな)

恋愛したことない私の妄想が筒抜けのような気がして恥ずかしい。

◆

約束の土曜日になり、ブランチを兼ねて、午前中から私たちは出かけた。

マンションから外に出ると、相変わらず写真を撮ろうとする人がいたけど、恭平さんはにっこりと笑って対応している。

「プライベートの時間なので少し気を使っていただけたら助かります」

そう言っても記者はさらに質問を続けてこようとするが、横切ってその場をあとにした。

「美佐子、手をつなぐぞ」

手を差し出した。

この前まで手を握るだけで、心臓がおかしくなってしまいそうだったのに今では安心するのだ。

どこまでも連れて行ってくれるような気がする。彼についていれば間違いない。そう確信できる。

駅前まで歩いて、前から気になっていた一本路地にある喫茶店に入店する。白と水色を基調とした店内は爽やかだ。

二人がけの小さいテーブルに、私と恭平さんは向かい合って座った。

おすすめのチーズトーストセットを注文する。

恭平さんがカジュアルなお店にいるのが不思議な感じ。

「なんだ？」

「こういうお店に来るのも新鮮だなと思って」

「そうか？　美佐子とならどこにだって行くさ。これからも二人で楽しもう」

甘い言葉をかけられた。それだけのことなのに胸を揺さぶられる。

恭平さんは海外で生活をしていたからなのか、たまにこうしてさらりと恥ずかしくなるような言葉を言うのだ。

当の本人は無自覚なんだろうけど、このビジュアルで甘いセリフを言われたらどんな人も落ちてしまう。

「食事が終わったらここら辺で買い物をしようか？　それとも電車に乗って少し離れたところに行くのもいいし」

「そうだね！」

会話をしていると料理が運ばれてきた。

こんがり焼き上がったトーストの上にチーズが乗っていてトリュフ塩がパラパラとかけられている。

サラダと厚切りベーコンまでついていて、ドリンクもある。とてもお得なセットだ。

トーストを口に入れるとカリッといい音がした。

美味しくて思わずにっこりほほえむと、恭平さんも笑顔を向けてくれる。

ブログで夫婦円満をアピールするためのネタ作りだとわかっていても、幸せ。

(晴天だからかな?)

太陽の日差しが店内に降り注ぎ穏やかな午前。

陽光に照らされている恭平さんの横顔はとても美しくて、息をするのも忘れてしまいそうだった。

一緒に過ごせば過ごすほど、確実に恭平さんのことを好きになっている。

だけど自分の気持ちは、押し殺さなければいけない。苦しい。

「恭平さん」

大好きだよって言いたい。

「なに?」

「美味しいね」

「そうだな」

感情を押し殺しながらの笑顔は辛かった。

ブランチを済ませた私たちは、近くの商業施設に立ち寄った。休日ともあってカップルがたくさんいて、その中に紛れて買い物をする。

外出時は必ず手をつなぐようになった。

つないだ手から私の感情が伝わってしまわないか恥ずかしくて逃げたくなる。でも、世間を本当の夫婦だと騙さなければならない。

恭平さんは目立つビジュアルをしているし、記者会見したのもあって注目の的だった。

コソコソと噂をされたり、勝手に写真を撮ったりされたけれど、恭平さんは気にしていない。

「あ、かわいい」

ぶらぶらと歩いていると雑貨屋さんが目に入った。思わずつぶやいた私に反応して恭平さんがこちらに視線を向ける。

「行ってみようか？」

「うん」

店内には生活雑貨や食器が初夏を彩るようにディスプレイされている。

「ここでマグカップを買って行こうかな」

「いいと思う」

たくさん種類があってすぐに決められない。

しゃがんで見ていると、恭平さんも私に視線を合わせて一緒にしゃがんでくれた。

近距離で目が合い呼吸をするのを一瞬忘れてしまった。

「これ、いいかな……」

「美佐子の好きなものでいいぞ」

「うーん、迷っちゃう」

新婚さんのような会話をしているが、家に帰ったら一緒にホットコーヒーを飲むことはきっとない。切ない気持ちを胸にいっぱい吸い込んだ。

迷いに迷ってマグカップを購入し、その後は地下の食品売り場に行く。

「せっかくカップを買ったからケーキでも買おうか？」

「恭平さん、ナイスアイデア！」

ちらっと横を見るとなんだか楽しそうにしている。

（一緒にコーヒーを飲んでくれようとしているのかな？）

ショーケースに並ぶ色とりどりのケーキを見て私はまた迷いに迷った。

いちごのショートケーキとベイクドチーズケーキに決定し、私たちは家に戻ってきた。

またすぐ自分の部屋に行って仕事をするのかなと思っていたのに、リビングから動こうとしない。

「俺がコーヒーを淹《い》れようか？」

「えっ？」

思わぬ言葉だったので変な声が出てしまった。すると逆に恭平さんも不思議そうな表情を浮かべる。

「せっかくマグカップを買ってきたんだから、ケーキと一緒に食べたいなと。それともまだ腹が減ってないか？」

「いや、いいの？」

「……ブログのネタになるだろう？」

（あ、そういうことか）

私と共に過ごすというのも彼にとっては仕事の一環なのだ。それでも一緒に過ごせるのはこの上ない幸せだった。

恭平さんがコーヒーを淹れてくれている間に、私はケーキを用意する。

「そうだ。ベランダで食べるのはどう？」

「いいな」

このマンションのベランダはとても広くて、ちょっとしたお茶をするスペースがある。
白いカフェテーブルセットがあって、そこにケーキを並べてコーヒーも置いた。
スマートフォンで写真を撮る。
それを見せると恭平さんはやさしい笑顔を浮かべた。
「穏やかな日常っていう感じでいいな」
「うん！　幸せそうな写真だよね」
コーヒーを口に含むとすごく美味しい。
彼が淹れてくれたおかげなのかもしれない。
愛する気持ちが大きくなり、一つ一つが輝く思い出となっていく。
でも待って。現実は違う。いずれ私たちは離婚する。
甘いケーキを口に含んでいるのに、苦いものを食べているかのような気持ちがした。
それはきっと切なさから来るものなのかもしれない。

五月二十一日

＝＝＝＝＝＝＝＝＝＝

タイトル『夫を好きになったきっかけ』

こんにちは。

今日は夫とお揃いのマグカップを購入しました。

そして美味しいコーヒーを淹れてくれました。

穏やかな休日を愛する人と過ごせるのは、幸せです。

好きな人とこうして将来一緒にいられるなんて、想像もしていませんでした。

今回は、私が夫に恋した日の話を書こうと思います。

私と夫は家が隣同士で幼馴染でした。すごくやさしいお兄ちゃんという感じで小さい頃から大好きな人でしたが、恋愛感情だと気づいたのは、小学五年生の頃です。
※普段から夫のことは恭平さんと呼んでいるので、名前で書くこともあります。ご了承ください。

小学校一年生の夏休み、私は友達と川で遊んでいました。

綺麗な小石を見つけ拾うことに夢中になり、足を踏み外してしまったのです。

前日、雨が降ったせいもあり、水かさが増し流れが加速していました。

私は、足をとられてどんどん流されて……。

友達の声が聞こえ、手を伸ばして追いかけてくれましたが、小さな子供が私を助けるのは、すごく難しいことでした。

口の中に水が入ってきて呼吸もままならない状態で、もしかしたらこのまま死んでしまうかもしれないと思ったんです。


『大丈夫か』


声が聞こえました。

躊躇することなく川に飛び込んできたのは、たまたま近くを通りがかった恭平さんでした。

私の体をしっかりつかまえて『もう大丈夫だ』と助け出してくれたのです。

助かったという安堵と同時に、もしかしたら命が奪われていたかもしれない恐怖が湧き上がりました。

体が震え出し、大粒の涙があふれました。

そんな私のことを抱きしめて背中をさすってくれ、恭平さんが着ていた上着を脱いで私に着せてくれました。

そのまま病院までついてきてくれ、家族に連絡をし、私の母に大感謝されて帰って行きました。


ピンチのときに助けてくれ、大きな手のひらで私をなでて、長い腕で抱きしめてくれ、安心する言葉をかけてくれ、そばにいてくれて……。

気がつけば夫のことばかり考えていて……。


この感情がなんというものかわからないまま、小学校五年生の頃、クラスで恋愛小説や漫画が流行《はや》るようになって、読むようになりました。

そして、自分の胸の中にあるものが『恋愛感情』だということに気がついたのです。

それからずっと私の長い片想いは続きました。

今日はこの辺で終わりにします。

＝＝＝＝＝＝＝＝＝＝＝＝

一緒に食べたケーキとコーヒーの写真をアップして、投稿ボタンを押す。

「はぁ……」

私は胸を押さえた。どんな反応があるか怖い。

それと同時に幼い頃に好きだった気持ちを思い出して息が苦しくなる。

こんな小さい頃から私は恭平さんのことが大好きだったのだ。さらに実感してしまった。

好きな気持ちが、日に日に増していく。

「離婚なんて……したくない」

日常やイベントを作ってブログをアップする毎日。

『とても仲がよさそうでいいですね』とか『憧れの夫婦です』とか『まるで小説を読んでいるみたいでとても楽しいです』など好印象のコメントが結構多かった。

でも、まだまだ批判的な言葉を送ってくる人もいたが、日々思いを綴っていることは必ず実を結ぶと信じて、ブログを書いていた。

◆

六月三日
＝＝＝＝＝＝＝＝＝＝＝＝
タイトル『片想いの日々と、進路を決めたきっかけ』

こんにちは。

いつもブログを読んでいただきありがとうございます。

コメントもいただき、様々な意見があるのを受け止めております。

すべてにお返事できずに申し訳ないですが、しっかりと読ませてもらっています。

さて、恋をした日からの出来事をいろいろ綴っていきましたが、もう少し続きますのでお付き合いください。

会社のホームページの代表取締役の挨拶に書かれている通り、夫のご両親は出かけ先で交通事故に遭い他界しました。

夫は海外から戻ってきて会社を守るため代表取締役社長に就任、奮闘している姿を見ていました。


私の片想いは相変わらず続き、気がつけば高校三年生になっていました。

私の母は「恭平君におすそ分けを持っていきなさい」とおかずを持たせることがありました。

「わかった」と、私は何気なく返事をしていましたが、恭平さんに会えると思ったら、心臓が激しく鼓動を打ち、母に恋心がバレてしまわないように隠すので必死でした。

しかも「ちょっと練習でクッキーを作ろうと思って。どうせならクッキーを作ってから持っていってあげようかな」なんて言ってしまい……！

母は意味深に笑っていました。きっと私の気持ちがバレバレだったのでしょう。

練習なんてこじつけです。夫に食べてもらいたかったからです。

クッキーが焼き上がり、保存容器に詰められたおかずを持って、すぐ隣の家に行きました。

インターホン越しに聞こえる恭平さんの声。

キュンってして全身が甘く痛めつけられるような感覚に陥りました。

少し待っていると、扉が開かれて、恭平さんが顔を出しました。

休日だったので、ジーンズとパーカーというファッションでした。

私服もスーツ姿も似合う恭平さんは、どんな服装をしても素敵でした。


恋心が色濃くなる日々。

でも、十歳も年下の私が想いを伝えたところでバッドエンドだと思っていたので、諦めていました。

永遠に片想いでいいと思っていたのです。

恭平さんの瞳の中に自分という存在が映っているだけでも幸せで、頬が緩んでしまうので、感情を隠すのが大変でした。

忙しいはずなのに、私が訪問すると「ちょうど休憩を取ろうと思ってたんだ」と部屋の中に入れて紅茶を出してくれました。

そして私の作ったクッキーを食べて、いつも「美味しい」と言ってくれるのです。

乙女心がキュンキュンして壊れてしまいそうでした。

将来どんな道に進もうかと悩んでいた頃、彼は相談にも乗ってくれました。

私は「誰かの幸せに貢献できる仕事がしたい」と漠然と考えていて、そのときに夫がこう言ってくれたのです。

「大いに悩んだほうがいい。今しか悩めないことだから」

そして『誰かの幸せに貢献できる仕事』と言ったら、わが社もぜひ選択肢の一つとして考えてみて」

ちょっと冗談っぽい口調で言われました。

それからブライダル業界に興味を持ち、ブライダルプランナーに憧れを抱くようになったのです。

そして数年後。

コネみたいになったら嫌なので、彼には黙って面接を受けて、私は本当に夫の会社に入社したのでした。

今日はちょっと長くなってしまいました……。

すみません。

最後まで読んでくださりありがとうございました。

＝＝＝＝＝＝＝＝＝＝

今日は土曜日だけど、恭平さんは仕事があるため不在だ。

ブログを投稿して家の中を掃除していると、スマホに連絡が入った。

『美佐子ちゃん、元気だった？』

「雨宮さん、お久しぶりです！」

私が働いていたときの教育係の雨宮さんは、信頼できる人。話しやすくて大好きな先輩だった。ネットワーク管理者が退職し、コンピューターがかなり得意な彼女は、今は部署を移動し社内のネット環境の担当をしているらしい。

元々そういう仕事をしていたそうだが、恭平さんの力になりたいと当時はブライダルプランナーとして働いていた。

どんな仕事でもこなせちゃう優秀な人だ。

『今日会える？　恭平、仕事だよね？』

「はい。ぜひお会いしたいです」

久しぶりに会えると心が軽やかになり、急いで準備をして外出をした。

少しずつ私たちの契約結婚について、報道が緩やかになってきてるけど、それでも外を歩くと注目され、声をかけられることもあった。

約束の駅に到着すると、雨宮さんが手を振って近づいてきた。

「急にごめんね。ずっと気になってたんだ」

「いえ、ありがとうございます」

私の姿に気がついた一般の人がこちらを見ている。もしかしたらブログを読んでくれている人たちかもしれない。その視線に気づいたのか雨宮さんは「ここだとちょっと話しづらいね」と言って、移動した。

連れてきてくれたのはおしゃれなカフェ。赤いソファーとテーブルが置かれていて、ポップで華やかな雰囲気のお店だ。

店内の広いスペースに椅子やテーブルが配置されてオープンな空間もあるが、個室もあって、それぞれのスタイルに合わせて使える。

雨宮さんは話がしやすいように個室を選んでくれ、いちごパフェと紅茶を注文した。

「本当に大変なことになったね」

「はい……」

会話が本題に入る直前にパフェが運ばれてくる。運びながら私たちは話を続けた。

「いずみさんって連れ子だから恭平とは血がつながってないんだよね？」

私は頷いた。

「なるほどね……。だから急にメディアでバラしたのかな？」

パフェを口に含むと甘酸っぱさが広がる。

「目的がわからないんです……」

「それは恭平も言ってたわね」

発言を撤回してくれたけど、いずみちゃんはどこか不満そうだった。

「そうそう、ブログ読んでるよ」

「そうなんですね、お恥ずかしい」

知り合いに読まれると知って羞恥心に襲われる。

「反響がすごいわね。会社を守るために頑張ってくれてるんだなと思って」

「私たちの結婚が嘘でなかったと証明できなければ、大きな契約がなくなってしまいます……」

「でもあれを読んでいると嘘には見えないわよ？」

それは喜ばしいけど、恭平さんに気持ちがバレたらどうしよう。

雨宮さんが身を乗り出した。

「本当はさ……幼い頃から好きだったんじゃないの？　っていうか、一緒に働いてたときから美佐子ちゃんが恭平に好意を持っていたことは気がついてたけどね」

「……っ！」

否定も肯定もすることができず私は黙り込んでしまった。

雨宮さんは柔らかく笑ってパフェを頬張《ほおば》る。

「好きだったら、好きって言ったらいいんじゃないの？」

「恭平さんは昔からいろんな女性に近づいて来られたんで、そういうのが得意じゃないみたいです。それに、今は会社を立て直すことが大切なので……」

私が気持ちを伝えてしまうと、恭平さんがかわいそうだ。

いつも同じ空間で生活している女性までもが俺のことを好きなのかと負担をかけてしまうかもしれない。

「恭平も美佐子ちゃんを選んだということは、ひとつ屋根の下で暮らしても嫌じゃないっていう証拠だと思うの。だからこっちが本気でぶつかっていったら彼の心も動くんじゃないかなって。違うかな？」

自分の気持ちを伝えようなんて考えてもいなかった。

恭平さんを愛する気持ちはあるのに、どこかで諦めていて、逃げていたかもしれない。

二年間の契約結婚だけど、私の中に芽生えている気持ちは本物。嘘偽りないもの。それを伝える権利は私にだってある。

でも、当たっても砕ける未来が見えているから、勇気が持てないのかもしれない。

「余計なお世話だよね。美佐子ちゃんだっていろんなこと考えて頑張っているのに。ごめんね」

「いえ、アドバイスありがとうございます」

「困ったことがあったらなんでも言ってね」

「そう言ってくれると本当に心強いです」

久しぶりにゆっくりと話ができ、また自分の気持ちを見つめる一日になった。

家に戻ってくる途中も真剣に考える。

私は恭平さんのことが好き。大好きで大好きでたまらない。

でも、告白してもいいのか。自分は告白してどうなりたいと思っているのだろう。

もっと膨らんでいきそうな心に蓋をするように私は深呼吸をした。

「ただいま」

「おかえりなさい」

恭平さんが仕事から帰ってきた。今日の夕食はいらないと言われていたので作らずに待っていた。

「はい、これ」

「なに？」

「土産だ。新発売のスイーツらしい」

「ありがとう」

雨宮さんに私の気持ちがバレてしまったということは、もしかしたらブログを読んで恭平さんも感づいているのではないかと焦燥感に駆られる。

スーツ姿の彼は今日もかっこよくて、ジャケットを脱ぐと引き締まった体が露《あら》わになる。

外見も内面もパーフェクトな恭平さん。

会社が大変な時期だというのに、恋心が高まって、板挟みになったような気がしてなんだか苦しい。

ぼんやりと立っていると、手を洗い終えた恭平さんが私に近づいてきた。そして大きな手のひらを私の額に当てる。

「ひゃ、冷たい」

「悪い。なんだか具合悪そうだが、熱はないようだな」

好きじゃない女性にもこうしてやさしく接することができるのが彼のいいところだ。わかっているけど切ない。

「今日久しぶりに雨宮さんに会ったの。気にかけてくれていたみたいで。なかなか忙しくて連絡できなかったって」

「ネットワーク管理者が急遽《きゅうきょ》退職して雨宮に世話になりっぱなしだからな。あいつがいなかったらうちの会社のネットワーク環境は外部に委託しなきゃいけないところだった」

信頼して頼りにしているのだということが伝わってくる。

「雨宮さんは頼りになるよね」

「そうなんだ。美佐子、あまり無理してはいけないぞ」

「うん。外出して疲れてしまったかな」

「そうか。ゆっくり湯船に浸《つ》かって今日は早く寝たらいいさ」

射貫くように見つめられて私は固まった。

一緒に暮らして時間が経過してるというのに、慣れることなくいつもドキドキしてしまうのだ。

「ブログの更新の頻度も多いから、ネタを考えるのも大変だろう?」

ネタじゃなくて本当の気持ちなのだから、ブログを更新することは苦でない。

厳しかったり否定的だったりそんなコメントがついたときは心臓に悪いけれど、恭平さんが危惧するほどでなく、会社のために少しでも役に立てていると思えば嬉しかった。

「ありがとう。やさしいね」

「勘違いしないでくれ。誰にでもそうするわけじゃない」

なぜか機嫌が悪くなってしまったように見えた。余計なことを言っただろうか。

彼は自分の部屋に入ってしまった。

不安になりながら私は黙ってリビングのソファーに腰をかけていた。

ブログは私が面接を受けて入社したところまで更新している。

結婚に至った経緯をどのように書かなければいけないか、そこの部分はフィクションになってしまうので、恭平さんと相談しなければいけない。

第三章

六月十四日
タイトル『夫にふたたび胸をときめかされた瞬間』
＝＝＝＝＝＝＝＝＝＝＝＝

こんにちは。

いつもブログを読んでいただきありがとうございます。

拙い文章ですが、読んでもらえてありがたいです。

働きはじめて一年が過ぎた頃、社内で大きなプロジェクトが組まれることになりました。

様々な部署から人が集まりキャンペーンを作り、プロモーションをかけていくというものです。

まだまだ新人の私もその一員に加えてもらえることになりました。

そのメンバーの中心者は恭平さんでした。

同じ会社で勤務してはいたものの、働く場所が違うので一緒に働くということはなかったのです。

このときはじめて彼の働く姿を間近で見ました。

会議では様々な意見が出てきます。私もブライダルプランナーとして培った経験を活かして自分の意見を伝えていきました。

恭平さんは一人一人の思いというのをしっかり聞いてくれ、そして意見をまとめてくれます。

そのリーダーシップある姿に私の胸はときめいていました。

しかし私にとっては幼馴染であるけれど雲の上のような存在です。この気持ちは永遠に秘めておこうと思っていたのですが……

＝＝＝＝＝＝＝＝＝＝

俺は社長室で美佐子のブログを読んでいた。

恥ずかしくなって、ニヤけてしまいそうな口元を思わず自分の手で押さえた。

（これは本当に見せかけなのか？）

幼い頃からの想いが綴られていて、本心なのではないかと勘違いしてしまいそうになる。

（まるで俺のことが好きでたまらないと告白されているみたいだ。……もしかして、本当に俺のこと……）

「……ありえないよな」

自嘲気味に笑って、ブログの画面を閉じた。

酔っ払って添い寝を求めてしまったことがきっかけで、嫌われてしまった。

ブログに書かれているように、小さい頃は甘えてきてくれたが、距離ができた。

美佐子はやさしいから、俺との結婚も断りきれずに同意してくれたのだ。好きでもない人と一緒に暮らすなんて苦痛でたまらないだろう。

申し訳なさと離れたくない気持ちが入り混ざり複雑になる。

彼女は完璧な妻だ。料理も洗濯も笑顔でしてくれる。

作ってくれる料理はどれも美味しくて、俺のために心を込めて調理してくれているのではないかと勘違いしてしまいそうになる。

それに今回のブログだって、自分が矢面に立てば大変な目に遭うと予想できるのに、会社のために妻として協力したいと言ってくれた。

美佐子に、どうやって恩返しをすればいいのだろうか。

ブログを書いてくれているおかげで〝DDD&M〟の評価は上がってきた。

ただ世間の評価はまだ信用を勝ち取るまでに到達していないので、もう少し様子を見させてほしいと言われている。

デートを重ねて夫婦仲がいいことをアピールしなければならない。

いつも女性に囲まれていた俺は、恋愛や結婚に前向きになれなかった。

それに幼い頃からそばにいて安心できるのは美佐子しかいない。

一緒に出かけたり買い物をしたりするうちに、美佐子に対する愛情が強くなっている。

俺にとってこんなに完璧な妻は彼女しかいないのだ。

いつまでも美佐子のことを考えていたいが、気を取り直してパソコンに向かって仕事をする。

秘書の奥田が入ってきた。

「社長、データをまとめましたので、確認よろしくお願いいたします」

「ありがとう」

彼は俺の高校時代の同級生だ。

雨宮とも学生時代から仲よくしていて、俺が代表取締役社長に就任したとき、一緒に支えると入社してくれた。

「ブログ更新されてたな」

仕事では敬語で話してくるが、プライベートのことになると、砕けた口調になる。

奥田は美佐子が綴っているブログを楽しみにしている。

「あぁ」

「あれは本当に作り話なんだろうか。嫌われてると思っているのはお前だけなんじゃないのか？」

様子を窺《うかが》うように質問された。

「それはない」

「なんで言い切れる？　嫌いなやつと結婚なんかするか？」

「ありえるんだ。美佐子は会社が大好きだった。仕事に熱を入れていたし、一緒に働く仲間のことも大切に思っていて、その気持ちが強いから、俺と結婚してくれたんだ。期間限定で……」

両想いになって甘い結婚生活ができるなんて夢のまた夢。

俺は過去に嫌われるような大失敗をしてしまった身である。

二年間という契約が終わったとき、手放すことができるのか不安でたまらない。

「俺のボスは恋愛においては不器用だ。仕事は完璧なのに」

呆《あき》れた口調で言われてしまった。

恥ずかしながら恋愛の駆け引きとかテクニックとかは素人である。

俺の優秀な秘書は恋愛についても長《た》けている。まるで歩く恋愛指南書だ。

「女性が喜ぶようなことをもっと仕掛けていかないといけないぞ？」

まるで教師になったかのように言われた。

その通りなのだ。期間限定の結婚と言いつつ、その期間が終わるまでにはなんとかこちらに振り向かせたいと思ったのだ。ただ、方法がわからない。

「今までは仕掛けられただけで、自分から仕掛けたことがない。だからまったくわからないんだ。しかも、女性から言い寄られても心を奪われることはなかった。好きじゃない人が近づいてきたって、心が動かないものなんじゃないか？」

「わかってないな、恭平は」

クスッと笑われてしまってイラッとする。

俺は、恋愛以外であればほぼ完璧にこなせる。だから、こんなにうまくいかないことに遭遇した経験がない。

「プレゼントとか、サプライズも喜ばれると思うけど、日常の何気ない言葉とかに女性はキュンってしてくれるんだよ」

「なんだそれ」

「大手企業を口説き落とせたお前が苦戦しているとはな……。健闘を祈っている」

そう言って奥田は社長室から出て行った。

（もっとちゃんと教えてくれよ……！）

俺はため息をついてから、気持ちを切り替えて書類に目を通しはじめた。


「ただいま」

「おかえりなさい」

仕事が終わって家に戻ると、いつも満面の笑みで出迎えてくれる。

その姿を見ると俺の帰りを心待ちにしていたのかと勘違いしそうになるのだ。

鞄を持ってくれて、俺が手を洗い終わるまで待ち、後ろをついてくる。

寝室に行って着替えをしてリビングに戻ると、美味しそうな夕食を準備していた。

素直に美味しくて「うまい」と口に出してしまう。そのたびに頬を赤く染めてはにかむから、かわいくてたまらないのだ。

だんだん恋心が募っていく。どうすれば振り向いてもらえるのだろう。そんなことを思いながら彼女のことを見つめると目が合った。

奥田の言葉を思い出す。

――日常の何気ない言葉とかに女性はキュンってしてくれるんだよ。

こういうタイミングで言うべきなのかもしれない。

「いつも美味しい食事を用意してくれてありがとう」

「え？」

突然だったからか、美佐子は驚いているようだ。

「こちらこそいつも食べてくれてありがとう」

感謝の気持ちを伝えたのに逆にお礼されてしまう。なんとも言えない空気感に照れてしまったが、黙々と食事を続けた。

食事が終わり、美佐子がなにか言いたそうにしている。

彼女はやさしすぎる性格をしているので、自分の言いたいことを自分のタイミングでは話さない。

話す機会を与えればちゃんと意見を持っていて話をしてくれるのだが。

「どうかしたか？」

「ちょっと悩んでることがあるの」

話を聞く雰囲気を作る。

「あぁ、いいよ」

ソファーの隣に並んで座ると深刻そうな表情を浮かべられた。

「ブログは読んでくれてるのかな……？」

「あ、まあそうだな。取引先に突っ込まれたら答えられないと困るからな」

本当はがっつり読んでいるけれど、細かく妻の言動をチェックしてると思われたら嫌なので、このような答えとなってしまった。

俺のことを嘘でもあんなふうに愛おしそうに書いてくれている。男としては喜ばしい。

素敵な旦那様に仕立ててくれてありがとうと感謝を伝えるべきなのか。しかし今のタイミングではない気がして本心を語らなかった。

「読んでくれた通り、ブログで私と恭平さんが知り合ってからのことを書いてるの。すごく小さなときからのことで……。もちろん、私があなたのことを好きだったという〝前提〟でね」

前提と強調された気がする。少々傷ついたが聞き流した。

「あぁ」

いったいどんな相談をされるのだろう。内心落ち着かなかった。

しかしなにを言われても俺は冷静な表情でいようと決めながら、彼女の瞳を見つめていた。

「そろそろプロポーズされたときのことを書こうと思うんだけど……。どうしたらいいかと思って」

「なるほど、そういうことだったのか」

期間限定の結婚だったなんて本当のことを書けるはずがない。だから美佐子は頭を悩ませていたのだろう。

二年間の契約を無効として、これからも永遠に暮らせる日々を作っていきたいと個人的には思っている。

俺に対して好意を抱いてくれたらと願うばかりだ。そのためには自分から仕掛けていかなければいけない。

恋の駆け引きをしたことがない俺にとっては難題である。

「困ったなって……」

「わかった。プロポーズのやり直しをしようと思う」

「え？」

意味がわからないというような表情を浮かべている。

「サプライズで決行するから楽しみにしておいてくれ」

「楽しみにしている……ね」

美佐子の心を奪えるようなプロポーズをしなければならない。

俺なりにプロポーズを決行しよう。まずは、作戦を練ることが第一優先だ。

◆

プロポーズをしてくれるって言っていたけれど、どんな反応をすればいいのかわからなかった。

私がブログを書きたいと言ったせいで、恭平さんに負担をかけちゃってる。

申し訳ない気持ちになりながら、今日更新する予定のブログを書いていた。

芸能人とかほぼ毎日ブログを更新しているけれど、ネタ作り大変なんじゃないかな。

もしかしたら、一緒に考えてくれている人がいるのかもしれない。
私もブログを書くようになってかなり苦労している。しかも、私たちの場合、愛し合ってない結婚なので、なおさら難しい。

六月十九日
＝＝＝＝＝＝＝＝＝＝
タイトル『夫と読書』
こんにちは。
いつもブログを読んでいただきありがとうございます。
今日は休日に夫と読書をした話をしようと思います。
私は小さい頃から恋愛小説が大好きだったのですが、夫は様々な種類の本を読んでいて、オススメしてくれた感動する小説がありました。
外国の作家さんなのですが、裏切られても裏切られても友人のことを信じ抜いて最後には裏切った友人が戻ってくるという話です。

「こういう心を大切にしたいね」と言ってくれました。

もし、将来私たちの間に子供を授かることができたら、この小説を勧めたいなと思います。

＝＝＝＝＝＝＝＝＝＝

(子供を授かることができたらって……。私ったらなんてこと書いちゃったのかな)

キスすらしたことないのに、ちょっと大げさだったと反省する。

最後の一文は削除して投稿した。

ノートパソコンをパタリと閉じてため息をつき、ソファーに深く座った。

するとスマホに連絡が入り、今週は急遽出張になり家に帰れないとのことだった。

今日は月曜日。

週末まで会えないのだと思うと胸の奥がギュッとつかまれたように痛くなる。

結婚してそろそろ半年が経《た》つけど、気持ちが抑えきれなくなってしまいそうで怖い。

もし好きだと伝えたら、彼はどんな反応をするのだろう。

困らせてしまうのは嫌だけど、私の体の中に好きが溜まって破裂しませんようにと願うばかりだった。

土曜日の朝、玄関が開く音がして様子を見に行くと、恭平さんが戻ってきた。思わず頬が緩んでしまう。

「おかえりなさい」

「ただいま。早速だが、出かけよう」

「え、あ……うん」

外出する準備をしていなかったので動揺する。

急いで自分の部屋に向かおうとすると、彼は私の手首をつかんだ。

「精一杯おめかしをしておいで。焦らなくていいから」

間近で見る美しい顔に心臓がドキンと跳ねる。きっと私の頬は赤くなっているに違いない。

「わ、わかった」

慌てて部屋に入り呼吸を整えた。

今日は太陽が出ていて青空が輝いている。初夏らしい天気なので白いワンピースを選んだ。

髪の毛はハーフアップにして化粧は派手にならないように施す。おかしいところはないかと鏡を何度もチェックする。

「よし」

準備が終わってリビングに戻ると、彼はソファーの上で仕事をしているところだった。

「終わったよ」

私の声に振り返ると目を細めて上から下まで見つめてくる。

「今日もかわいいよ、美佐子」

「えっ、ありがとう」

さりげなくかわいいと言われたので、思わず変な声が出てしまった。

「そんなに驚くことはないだろう」

「びっくりしちゃうよ」

恭平さんは楽しそうに笑っている。彼にとっては深い意味がない言葉なのかもしれない。

「今日は自分で運転する」

普段は事故に遭ってはいけないので、なるべく運転手にお願いしているが、彼は自ら車のキーを手に持った。

どこに連れて行ってくれるのか。助手席のドアを開いて乗せてくれた。

運転する恭平さんの横顔が爽やかでいつまでも見ていたいと思ってしまう。ラジオからは軽快な音楽が流れていた。

まずは近場で気軽にランチできるところに連れてきてくれた。

二人で他愛《たあい》のない話をしながらパスタを食べる。まるで本物の夫婦になったかのような気がしてふんわりとした気持ちになったが、これはあくまでもブログのためなのだと自分の気持ちを戒めた。

食事を終えて、さらに車を走らせる。

気がつけば私の実家の近くにたどり着いていた。

ここはブログで書いた場所。溺れていた私を恭平さんが助けたところだ。

車から降りた私たちは川に近づく。

「懐かしいなぁ。どうしてあのとき、私は川の中に入っちゃったんだろう」

「ここをたまたま通ってよかった。助けてなかったら俺の隣に美佐子はいなかったということになる」

「本当だね。ありがとう」

命を助けてもらって心から感謝している。

期限つきではあるけれど、大好きでたまらない人の妻という立場にしてもらえてありがたい。

「ブログに原点の場所って書いていたから、連れてきたかったんだ」

「そうだったんだね」

「作り話かもしれないけど、助けたことは本当だったから」

「……うん。嬉しい」

本物の夫婦ならここで寄り添って手をつなぐのかな。そんなことを想像していると胸が痛くなってくる。

「あのとき助けてくれたから、今の命があるの。何度も言うけど本当にありがとう」

恭平さんは穏やかな表情を浮かべてゆっくりと頷いた。

あの頃のように幼馴染に戻ったような気がして、いつもよりおしゃべりになってしまう。

「この道って恭平さんが学校に行く道だったんだよね。だからここにいると会えるような気がしたの」

思わず小さい頃の気持ちを伝えてしまって頬が熱くなった。

恭平さんは驚いたような表情をしてこちらを見ている。

「深い意味があったわけじゃなくて……大好きなお兄ちゃんの一人だったから。私にはお兄ちゃんがいないでしょう。だから兄のような気持ちでずっと見つめていたの。勘違いしないでね」

告白のようになってしまったので、弁解するように早口で言った。

恭平さんはあははと笑って何度も頷いている。

「美佐子が俺のことをそういう対象で見ていないっていうことは小さい頃からわかってる。今更焦って弁解しなくても大丈夫だから」

私を安心させるように言ってくれた言葉なのかもしれないけど、逆に切なくなってしまった。

好きな人に好きだと言えず、夫婦なのに愛してると言えない。

今日もなにも言えないでただ隣で笑っているしかできないのだ。

「綺麗な景色を見に行こう」

「うん！」

それでも、隣にいるだけでも、泣けるほど幸せだ。

次に連れてきてくれたのはクルーズ船だった。

夕方になって、空が紫色になっている。

船に乗り込むと地上にいるよりも海上は空気が少しひんやりとしていた。湿気を含んでいるので、寒いという感じではない。

船内に入ると、まずは食事をすることになった。

海の上で食べるフランス料理の味は格別だ。しかし今日は彼が運転しているのでアルコールではなくノンアルコールだ。それもまたそれでいい。

夜景がだんだんと見えてきて、うっとりとしてきた。まばゆい光がゆらゆらと揺れている。ちりばめられた宝石のようだった。

しかし私は異変に気づいた。こんなに立派な船なのに他に乗ってる人がいない。

「もしかして貸切……？」

「正解だ」

こんな贅沢《ぜいたく》な時間を私に提供してくれるなんてもったいない感じがする。しかし彼なりのおもてなしなのだから受けることにした。

食事が終わった私たちは外に出てみた。

「綺麗。海の上から東京を見ることがないから新鮮だね」

「あぁ。日頃の疲れが取れていく。美佐子あちらを見ていて」

「うん」

言われた方向に視線を向けて空を見上げていると花火が上がった。

「え？　今日は花火大会だったっけ？」

「美佐子のために打ち上げたんだ」

「そうだったの？」

パン、パパパッ、パーンと火の花が夜空に咲く。

夜景と花火の光のコントラストがあまりにも美しい。

スケールが大きすぎて、私の頭はクラクラとしている。

ブログのネタにするためにやってくれていることなのだとわかっているけど、それでもこうしてロマンチックなプランを考えてくれて泣きそうになった。

すると恭平さんは私の目の前で膝をついて、こちらをずっと見つめてくる。

手には小さな箱が握られていて蓋をパカッと開けると、満天の星よりもキラキラと輝いているダイヤモンドリングが入っていた。

「これからもずっと一緒にいてほしい」

「……恭平さん」

ここまでしなくてもいいですよと伝えたかったけれど、スタッフの目もあるので私は受け取ることにした。

「何度もプロポーズしたいんだ。受け取ってくれるね？」

「ありがとう。こちらこそ、これからもずっと一緒にいてね」

立ち上がった彼は私の左手に指輪を入れた。

もうすでに結婚指輪がついているので二重になっているけれど、輝きが増した。

立ち上がった彼は長い両手を広げて、私のことをきつく抱きしめてくれた。

まるで本当の夫婦になったかのような素敵すぎる時間に、このまま『時』が止まってしまえばいいと思った。

クルーズ船から降りてもまだ海の上を歩いているかのようで、ふわふわとした気持ちだった。

足元がおぼついていない私の腰に手を回して、体を支えてくれていた。

ノンアルコールだったのに、どうしてこんなに酔っ払っているような感覚に陥っているのだろう。

ものすごい近い距離感に心臓の鼓動が加速し破裂してしまいそうだ。

「大丈夫か？」

「う、うん……」

恭平さんに溶かされてしまいそうで、急に恥ずかしくなった。

駐車場に到着すると扉を開け私を車に乗せ、運転席に乗った彼がエンジンをかけた。

私の心臓が激しく内側から叩きつけてくるように高鳴っている。

しかし、あくまでもこれはブログのためにやってくれたことであって、彼の本心でやってくれたことではない。

そう思うと気持ちがだんだんと冷静になってきて、火照《ほて》っていた体もだんだんと冷えてきた。

「今のは、プロポーズはこうだった……ってことだよね？」

「あぁ、そうだ」

恭平さんはためらいもなく言う。

「……すごく素敵な時間だったよ。さすがっていう感じのプロポーズ。恭平さんに本当に好きな人ができたら、こんなふうにプロポーズするんだなと思ってちょっと感激しちゃった」

落ち込む気持ちを隠すようにあえて明るい口調で言う。

「なんだそれ？」

「そういう未来があるかもしれないっていう話」

だって私たちはいつか離婚する。

もしかしたら恭平さんに好きな人ができて再婚する可能性だってあるのだ。切ないけれどこれが現実。

そのとき雨宮さんの言葉が頭に浮かんだ。

――こっちが本気でぶつかっていったら彼の心も動くんじゃないかなって。

運転する彼の横顔をチラリと見つめる。

赤信号で車が停車し、恭平さんはこちらに顔を向けた。

慌ててうつむく。

告白してみようかなと一瞬でも思ってしまったことを反省する。

「なんだ?」

「なんでもない」

「言いたいことがあれば遠慮しないで言ってくれ」

「今日はすごく楽しかった。ブログもちゃんと書くね。ブログのネタを作るのが大変だから旅行したいなと思って」

(告白なんて……やっぱり、ダメ……)

話をごまかした。

恭平さんはやさしくほほえんで頷いた。

「そうだな。美佐子のおかげで業績も上向きだ。国内旅行であれば、時間を取ることができるだろう。ここで気を抜いてはいけない。わかった。もっと一緒に出かけよう」

「楽しみにしてるね」

心からの言葉だった。愛している人となら、どこに行っても幸せだから。

でも、日に日に切なさが胸の中に雪のように積もっていっている。

このまま雪が降っていったらガチガチの氷になってしまいそう。

その氷の中で私は自由に動くこともできず、冷え切った世界で泣きながら暮らしていくのかもしれない。

◆

『素敵なプロポーズですね』

『自分のために花火を打ち上げてくれるなんて、憧れてしまいます』

『胸キュンをありがとうございます！』

プロポーズされた日のことをブログに書くと、コメントが読みきれないほどにたくさんついた。先日、プロポーズの再現をしてくれたのでその写真も載せておいた。ブログを通してたくさんの人に私たちの夫婦仲をアピールする。これが目的なので、成功なのかもしれない。

でも、世間を騙しているという罪悪感はどうしても拭うことはできなかった。

しかも、ブログに綴る恋心は『架空』だと恭平さんにも嘘をついている。母親に嘘をついてはいけないと育てられてきたので、小さい頃から嘘は苦手だった。

「それなのに私は嘘ばっかりついてる……」

パソコンの画面を見ながら私は小さな声でつぶやいた。

心が海の中に沈んでいくみたい。

最近は、思い悩んであまり眠れなくなってしまった。でも誰かに相談することもできずに一人で悶々としている。

「恭平さんに対する気持ちは嘘なんかじゃない」と、言ってしまいたいほど私は追い詰められていた。

その夜、仕事から戻ってきた恭平さんは、いつものように手洗いとうがいを済ませるとリビングルームに入ってきた。そしてテーブルにパンフレットを置く。

なんだろうと思ってみると『北海道ラグジュアリー旅』の文字が書かれていた。

出張でもするのだろうか？

「一泊二日ならスケジュールを空けることができた。北海道旅行をしよう」

「北海道？　私と？」

「美佐子が旅行したいって言っていただろ？」

「うん！」

私が言っていたことを覚えていてくれたなんて、胸が轟《とどろ》くように躍る。

「本当はもっとゆっくり海外とか回りたかったんだが、今はそんな余裕がないから。落ち着いたら行こうな」

「そうだね」

大好きな人と旅行できるなんて。その日が待ち遠しくて仕方がない。

つい浮かれてしまって反省する。

恭平さんは私と旅行を楽しみたいわけではなく、会社のためなのだ。

（ついつい喜んじゃった……）

「うまいものを食べて、観光してこよう」

「ありがとう、ブログのネタになるし助かるよ」

その言葉を言うと、なぜか空気が重くなったような気がした。

言ってはいけないことだったのか不安になる。

「……美佐子はそんなふうにしか思っていないんだな」

「え？」

珍しく小さな声で言ったのでちゃんと聞き取ることができなかった。

「なんでもない」

あまり言いたくないことなのかもしれないので、それ以上私は話を聞かないことにした。

「夕食用意するね」

「……あぁ」

◆

北海道旅行の当日を迎えた。

あまり喜ばないようにしようと思っていたのに、私はガイドブックを熟読して行きたいところをリクエストしてしまったのだ。

恭平さんは笑顔で頷いてすべて受け入れてくれ、朝の早い飛行機に乗ることになった。

空港までタクシーで移動する。

（たくさん思い出を作ってこよう）

少し早めに空港に到着したので、ラウンジで休憩して飛行機の中に乗り込んだ。座席は広いところを予約してくれていて座り心地がいい。

エンジンの音が聞こえて滑走路を進んでいく。ふわりと宙に浮かび機体が上昇する。同時に私の気持ちも上がり、思わず笑みがこぼれた。

窓から外を見る。いつも暮らしている東京がだんだんと小さくなっていく。そして雲を突き抜けて、爽やかな青空が広がる。

「雲の上っていつ来ても感動しちゃう」

「あぁ。飛行機を作った人間の力ってすごいよな」

同じものを見て感動できることが嬉しい。喜びを共有できるというのが、一緒に過ごすことでの醍醐味《だいごみ》なのではないだろうか。

新千歳《しんちとせ》空港に到着し、まずは電車で小樽《おたる》に行く。

レンタカーを借りようかとも思ったけれど、知らない土地で事故にでも遭ったら大変なので、電車やタクシーで移動することを選んだ。

午前中のうちに小樽に到着し、朝と昼ご飯を兼ねて海鮮丼を食べることにした。

観光客で賑《にぎ》わっていて活気がある。

ホタテやマグロ、サーモンそれにウニまでが乗っていた。豪華な海鮮丼が運ばれてきて目で見るだけでもとても贅沢だ。

目の前に座っている恭平さんを見れば彼もはしゃいでいる。

「どこから食べたらいいかわからないな」

「うん！」

まるで小さい頃に遊んでくれていたときのような雰囲気だ。私が大好きだったお兄ちゃんという感じで、気が緩む。

憧れから恋に変わり、気がつけば愛していた。自分の心であるのにコントロールできない。いつ自分の感情が口から出てしまうかとハラハラしていた。

海鮮丼を食べ終えると、小樽の観光地を巡ることにした。

小樽運河はすでにたくさんの人で賑わっている。

石造《せきぞう》倉庫はレトロで、目の前を流れている運河とマッチしていた。

「小樽は北海道の開拓の玄関口だったから、歴史が感じられるな」

「そうだね」

仕事中とは違ったリラックスした表情を見せてくれる。恭平さんも少しは楽しんでくれているかな。

「市原ご夫妻ですよね？」

若い女性に話しかけられた。

「いつもブログを見てます。本当に素敵な夫婦だなって憧れていて。私も結婚する日が来たら〝KOTOBUKIウエディング〟を使わせていただきたいと思ってます！」

「そう言っていただけて光栄です」

恭平さんは笑顔で対応する。

「たまたま旅行に来てたんです！」

はしゃぎながら彼女は私たちのそばから離れた。

その後は、小樽で有名なガラスのお店を見に行った。

店内にはゆったりとしたオルゴールの音が流れていて、至る所がキラキラと輝いている。

光の魔法の世界に入ったようで、美しくて思わずため息がもれた。

興味深そうにガラスの置物を見ている恭平さんの横顔は、どんなガラス製品よりも美しい。

（どうしてこんなに素敵なんだろう）

好きが溜まって、私の心臓は破裂しそうだ。

もう抑えきれなくて、気持ちを伝えたくてたまらなくなる。

ふと恭平さんはこちらに顔を向けた。至近距離だったので私はその場で固まってしまう。

心臓の鼓動が耳の奥でドクンドクンと激しく鳴っているのが聞こえた。全身の血液が沸騰して息をするのが苦しい。

離婚なんかしたくない。恭平さんが私のことを愛してくれなくてもずっと一緒に彼の隣を歩いていきたい。

「……体調でも悪いのか？」

「え？　大丈夫」

「今にも泣きそうな顔してるから」

感情が表情に出てしまったのかもしれない。せっかくの旅行なのに暗い雰囲気にしてしまうのは申し訳なくて、笑顔を作った。

「あまりにも綺麗だから感動してしまったの」

「そっか。思い出になにか買おう。美佐子、選んで」

「どうしようかな」

どれも素敵で悩む。そして私はいつもこの素敵なひとときを思い出せるように醤油《しょうゆ》差しを選んだ。

小樽を満喫して電車で札幌《さっぽろ》に向かう。

電車の中でも恭平さんと会話が盛り上がる。

「綺麗だったね」

「あぁ。時間があればもっと回りたかったな」

「うん!」

「今度はゆっくりと来ることにしよう」

「そうだね」

本物の夫婦になれたんじゃないかなと思ってしまうほど、楽しく会話をすることができた。

札幌に到着したのは夕方。明日も天気がいいのか真っ赤な夕日が空を染めていた。藻岩山《もいわやま》で景色を見るためにタクシーで移動する。到着して入場券を購入して中に入った。

ロープウェイに乗って頂上を目指す。

北海道の大自然と澄んだ空気がとても気持ちいい。

この雄大な景色を見ていたら自分の悩みなんてちっぽけな気がした。

(きっとすべてうまくいく)

自分に言い聞かせながら眺めていた。

頂上に到着すると空は紫色になりやがて暗くなり、札幌の夜景を見渡すことができる。

「わぁ……!」

「東京の夜景と違ってこれもまたいいものだな」

「うん!　すごいね」

寄り添っていたので思わず手をつなぎたくなったけれど、恭平さんはポケットに手を入れてしまった。

切ない気持ちを押し殺すように景色を見る。

「ブログのネタになりそうか？」

「……うん」

その一言で現実に戻されてしまった。どんなに楽しくても幸せでも、これは夢の中の世界と同じだ。いつかは儚《はかな》く消えてしまう。

（恭平さんとずっと一緒にいたい）

「……子、美佐子？」

「は、はい」

呼ばれていることに全然気がつかなかった。切なくなりすぎて自分の中に入り込んでしまっていたのだ。

「そろそろ行こうか」

「うん、行こうか」

山頂から降りてきて、宿泊するホテルに向かう。予約してくれていた札幌駅に近いホテルだった。しかもスイートルームだ。

広いリビングルームの窓からは、夜景が見下ろせた。細かな色とりどりの光が揺らめいていてうっとりする。

「ここが寝室だな」

「うん！　……あ」

大きなベッドが二つ並べてある。

とても広いリビングルームに寝室だけというシンプルな作りのスイートルームだった。

バスルームもパウダールームも広めに作ってあるのでこういうふうになるのかもしれない。

(同じ部屋で眠るのかな？　それはさすがにないよね……。私はリビングにある広いソファーで眠ることにしよう)

「まずは食事をしてこよう」

荷物を置いて最上階にある和食レストランに連れて行ってくれる。

北海道産の野菜や魚介類が使われた料理は、とても美味しい。舌鼓を打つ。

デザートまでしっかり食べて満腹になった私たちは部屋に戻ってきた。

いつも同じ家に住んでいるのに、二人きりという空間は落ち着かない。

「一応確認しておきたいんだけど、私がソファーで眠るのでいいかな」

「え？」

あまりにも唐突すぎる質問で彼は驚いているようだ。

「いや……別に……同じベッドで眠るわけでもないし。寝室は一緒でもいいんじゃないか？　そうじゃないと疲れが取れないだろ？　質のいい睡眠は大事だからな」

思いがけない返事だったので、私の頭の中は真っ白になってしまった。

「そうだよね」

つい、恭平さんの言う言葉に同意してしまったが、脳みそが沸騰しそうになる。

同じ部屋で眠るのだと思うと落ち着かない。

「先にシャワー浴びるか？」

深い意味はないだろうけれど質問されて意識してしまった。

「恭平さん先にどうぞ」

「あぁ、わかった」

立ち上がってバスルームに消えていく彼を見送る。

私は酸素を胸いっぱい取り込んだ。朝まで持たないかもしれない。かと言って今から別々の部屋に泊まるのもおかしな話だ。

考え事をしていると恭平さんが戻ってきた。

ホテルにある寝間着姿だった。ということは私も同じものを身につけるのが自然な流れだ。

そんなことばかり考えながらとりあえずバスルームに逃げることにした。

「じゃあ、お風呂入ってくるね」

「ごゆっくり」

入れ違うように私はバスルームへ向かう。鍵を閉めるとプライベートな空間ができ上がりホッとする。

体を丁寧に洗って湯船に溜めたお風呂で体をあたためた。とりあえず寝間着を着ることにする。

リビングルームに戻ると恭平さんはリラックスしているところだった。テーブルにはノンアルコールのカクテルが置かれている。

「恭平さんって、あんまりお酒を呑まないよね」

「あぁ……。失敗したら嫌だから。仕事の関係で付き合わなければいけないときは付き合うけど」

「失敗しちゃったことあるんだ。恭平さんは完璧な人だと思ってた」

驚いたように目を開く。

「もしかして、覚えてないのか？」

「なにを？」

「いや……」

言いたくないことなのか話がごまかされる。無理に話したくないなら話さなくてもいいけど、ちょっと寂しい。

彼にとって私は妻ではなく、契約期間のある同居人なのだろう。

今はこうして普通に隣にいて過ごすことができるけど、これが永遠に続くわけじゃない。

切なさが全身に駆け巡っていく。

暗くなっていく気持ちを明るくしたい。しかもこのままだったら心臓の鼓動が激しく動きすぎて眠れないだろう。

「今日はせっかくの旅行だしちょっとだけお酒を呑もうかな？」

「じゃあ、付き合おう」

電話で注文してカクテルを持ってきてもらった。

美しいピンク色で含むとチェリーのような味がした。

「美味しい」

「美佐子と二人で呑むのは、はじめてかもしれない」

「うん。会社の飲み会とかで大勢で呑んだことくらいかな」

アルコールでどんな失敗をしたのか。もう一度聞こうと思ったけど、話したくないことを無理やり話させたくはない。

私はそんなにお酒が強いほうじゃないから体がだんだんと熱くなってきた。

お酒を呑めば気持ちが楽になると思っていたのに、心が重い。

「ブログ書くの大変じゃないか？　美佐子には負担をかけて申し訳ないと思っている」

「そんなこと、ないよ」

『会社を助けるため、恭平さんのことを愛しているふりをして書く』と伝えていたが、ブログに綴っている私の心情はすべて真実なのだ。だから苦痛ではない。

でも私は嘘をついて書いていることになっている。だからブログを書きはじめてから、恭平さんにずっと嘘をついていることになるのだ。

（もう嘘をつき続けるのは限界だよ……）

彼を困らせてしまうのは申し訳ないけれど、恭平さんに嘘をつき続けることはもう無理だ。罪悪感に苛《さいな》まれてしまう。

隣に座る恭平さんを見て愛しさがあふれ出る。来年も再来年も十年後も三十年後もずっと一緒にいたい。けれど、ブログの内容が全部本物なのだと伝えたら、彼は驚いて私と距離を置いてしまうかもしれない。

心が壊れてしまいそうだ。

嘘と真実の板挟みになってしまった私はついに覚悟を決めた。

「あのね」

「なんだ」

「伝えたいことがあるの」

含みを持たせた言い方をしてしまった。

恭平さんは体をこちらに向けてじっと顔を見てきた。

「わかった」

勇気を出せるように、息を大きく吸い込む。

しっかりと彼の目を見つめた。

「あのブログに書いていることは全部真実なの」

「真実……？」

言葉の真相が理解できていないようで不思議そうな表情を浮かべていた。

「小さい頃からずっと恭平さんのことが好きだった」

「……どういう意味で？」

「恋愛感情だよ」

恭平さんは息を飲んだ。それでも私は走り出してしまったので、最後まで突っ走っていかなければいけない。そのまま言葉を続ける。

「会社を救うための作り話だって言っていたけれど、あのブログに書いている感情は全部真実。架空の話だと恭平さんに嘘をついているほうが辛かった」

熱いものがこみ上げてくる。

急にこんなところで泣かれたら恭平さんを困らせてしまうのに、吐き出してしまったものが涙となってあふれてきた。

「だから……、愛がなくても……困っているときに、私を結婚相手に選んでくれて嬉しかった。大好きな人を守るため私は嘘をつくことを覚悟したの」

恭平さんは私の話を拒否するわけでもなく黙って聞いてくれている。

「辛い思いをさせてたんだな。ごめん……」

流れる涙を親指で拭ってくれる。

私は彼の目を見つめて頭を左右に振った。

「恭平さんのことが好き。離婚してもずっとそばにいたい。でもそれが許されないならせめて……抱いてもらいたい。はじめては……心から愛している人がいい！」

気持ちを全部吐き出した後、私の体は震えていた。自分でもなにを言っているのかわからない。

「そして……できることなら、恭平さんの子供を産みたい」

もし、将来私たちの間に子供を授かることができたらとブログに書いたことがあった。結局その一文は大げさだからと消してしまったけれど。

そのときから私は、もし離婚することになってしまっても、愛する人の子供を産んで育てていきたいと考えるようになっていたのだ。

そのせいでこんな言葉を口走ってしまった。

「俺の子供がほしい……？」

「変なこと言ってごめんなさい」

頭を深く下げようとしたとき、肩をつかまれた。

私の心臓の音が聞こえてしまいそうなほど、至近距離で視線が絡み合う。

そのまま顔が近づいてきて、唇が重なった。

（え、キキキキ、キス！　しちゃった！）

キスやセックスはなしだと話していたのに。それが契約だったはずなのに。

突然のファーストキス。でも、嫌じゃない。

恭平さんの柔らかい唇に身も心もとろけていく。

彼の長くて逞《たくま》しい腕が私の背中を支えた。角度を変えて口づけを繰り返される。

甘すぎる空間だ。まるでチョコレートの湯船に溺れたみたい。

火照りきった体温で彼を溶かしてしまうかもしれない。

やっと唇が離れた。熱視線を向けられている。

「俺の聞き間違いかもしれないからもう一度確認する。俺の子供を産みたいのか？」

「う、うんっ……」

焦りながらも返事をすると、恭平さんは覚悟を決めたかのようにもう一度キスをしてくれた。

「覚悟しろよ。今夜は眠らせない」

長い腕で抱きしめられて、私は恭平さんの胸の中に閉じ込められた。


目が覚めると、彼の腕の中で眠っていたはずなのに隣に恭平さんはいない。

ベッドから抜けてリビングに行くと午前九時だった。

部屋の中は静まり返っていて、人の気配を感じない。

「恭平さん……？」

トイレやバスルームの扉を開けるが彼の姿はなく、落胆した気持ちでソファーに腰をかける。

どこに行ってしまったのだろう。

ふとテーブルに視線を動かすと、飛行機のチケットが置かれていた。

「……なにこれ」

スマホを開けば、メッセージが残されている。

『急遽仕事で呼び出されたから先に帰る』

「……夢、だったの？」

切なくて思わずつぶやいてしまった。

昨夜、甘いキスをして、そのまま私たちは寝室へ向かった。

そして夢のような出来事が起きてしまったのだ。

恭平さんと私は体を重ねた。

ベッドの中にいるときは、本当に愛されているのではないかと勘違いしてしまうほど、丁寧に扱ってくれた。

しかし彼の口からは愛の言葉がなくて……。

不安になりながらも、愛する人とこんなことは一生できないと思い、最後までことを進めてしまったのだ。

幸せな夜だったのに、朝を迎えたら札幌の地で一人だった。夢だったのかもしれない。

カーテンを開けると、やっぱり札幌の景色が広がっている。

体には甘く重たい感覚が残っていた。

まずは、身も心もスッキリさせたい。

バスルームで寝間着を脱ぐと体にはうっ血の跡が残っていた。

その赤い花びらを指で触れる。

(キスマーク……? 愛する人への印だと思っていたけど……)

シャワーを浴びながら考える。

仕事なのは本当なのだろうけど、もしかしたら嘘かもしれない。

恭平さんはずっと女性にモテていて、うんざりしているのだ。

私が今まで幼馴染として興味を示さなかったから、二人のバランスは取れていた。

そうだとしたら、大変なことをしでかしてしまった。

（どうしよう……）

会社として今が一番大切なときなのに、彼の悩みを増やすことをした罪悪感に苛まれる。

しかし飛行機の時間が迫ってきていたので、身支度してホテルをチェックアウトした。

帰りの電車の中で北海道の景色を見ながら、ぼんやりする。家に戻ったらどうやって接するのが正解なのかわからない。

私が真剣に好きだと伝えたから、同情するような気持ちで抱いたのか。告白した時点で私のことが好きなら恭平さんも思いを伝えてくれたはずだ。

だからやっぱりどう考えても、私が酔っ払って想いを伝えたから罪悪感で願いを叶えてくれたのかもしれない。

申し訳ないことをしてしまった。

東京に戻ってきて部屋に帰ると、恭平さんは仕事でいなかった。

旅行は楽しかったけれど、最後があっけなかった。

今夜仕事から戻ってきた彼をどんな顔して出迎えたらいいのだろうか。

とりあえず、いつも通り過ごそうと思って夕食の準備をすることにした。

今日北海道の空港で入手したスープカレーの素があるので、野菜を素揚げしてサラダを作って待つ。

しかし彼は相当忙しいのかなかなか帰ってこなかった。かなり遅くなるときはメッセージが届くのだがそれもない。

もしかしたら帰ってこないかもしれないと不安だった。

夜の二十時頃に玄関の扉が開き、心臓が飛び跳ねた。

緊張で顔が強張ってしまうが、いつものように過ごさなければ。

「おかえりなさい」

「ちゃんと帰ってきていたか。連絡がないから心配だったんだ」

「そうだよね。連絡しようと思ってたんだけど、忙しいと悪いなと思って遠慮したの」

「急に先に戻って悪かったな」

「お仕事だから仕方がないよ」

本当は寂しくて切なくて辛かったなんて言えない。

恭平さんはすぐに手を洗って、玄関でぼんやりと立つ私のところに戻ってきた。

長い腕が伸びてきて、私の頬に触れる。びっくりして上目遣いで見つめると慈愛に満ちた瞳で見ていた。

「旅の疲れが出ていないか？」

「え、うん。大丈夫」

やさしくしてくれているのは、気を使ってくれている証拠なのかもしれない。

「スープカレー作ってみたの。もし夕食まだだったら食べる？」

こんなに夜中なのに変な質問をしてしまったと私は焦った。ところが恭平さんは頬を赤く染めた。

「北海道の？　あぁ、いただく。急用が入ってしまって、まともな食事を摂《と》ってないんだ」

すぐに準備をしてスープカレーをテーブルに出した。彼は食器の中を覗《のぞ》き込《こ》んで喜んでいる様子だ。

「ゴロゴロ野菜が大きいのが北海道のスープカレーなんだな」

「そうみたい」

口に含むと頷いてくれる。

「美味しい」

「スープカレーの素を使って作っちゃったけど、私がスパイスを調合するよりもきっと美味しいかも」

「スパイスカレーって難しそうだよな」

旅行から戻ってきたばかりなので手を込んだ料理ができなかったが、喜んでくれたみたいでよかった。

食事を終えた彼は、バスルームへ消えていく。

一人になった私は胸に手を当てて、息を吐く。

普段通り接することができているので安心していた。

このまま札幌での夜のことはなかったことにしてしまえばいいのだ。私は決して忘れられないだろうけど……。

ソファーに座っていると戻ってきた彼が後ろからそっと私に触れた。

「あ、え」

急に肩を揉《も》んでくれたのだ。

こんなスキンシップをしたことがなかったので、どんな反応をしたらいいのかわからずに固まってしまう。

「旅行で疲れているのに食事まで作ってくれてありがとう」

私をねぎらうために肩を揉んでくれているのだ。

「そんな、恭平さんのほうが仕事で忙しいのに。気を使わないで」

「いいんだよ」

やさしくされるとどうしたらいいかわからなくて私は黙っていた。やがて彼は私の隣に座り、冷たいお茶を飲みながら話をしていた。

「ブログのアクセスがどんどん上がっているようだな」

「そうみたい。好意的な印象を抱いている人も多いから、このままいい方向に進んでいけばと思ってるよ。旅行のことも書かせてもらうね」

「美佐子、ありがとう。そろそろ寝ようか」

ゆったりした時間を過ごし、そろそろ就寝しようとしたところ、恭平さんが熱い眼差しを向けてくる。

「実を言うと今まで人と一緒に寝るのはあまり好きじゃなかったんだが、これからは同じベッドで眠ってもいいと思っている」

「え？」

「俺の部屋で眠らないか？」

彼の発言に私は混乱していた。

なにも言わない私の手をつかんで立たせ、寝室へと誘導される。

彼の寝室にほとんど入ったことはなく、まるで異世界に来ているかのようだ。

一緒に横になった。

緊張していると、彼の寝息が聞こえてくる。

その気持ちよさそうな音を聞いて、私も眠気に襲われそのまま眠った。

七月十日
＝＝＝＝＝＝＝＝＝＝
タイトル『北海道旅行』

こんにちは。

いつもブログを読んでいただきありがとうございます。

先日は忙しいながらも私の願いを叶えるために、北海道へ連れて行ってくれました。

一泊二日、小樽と札幌に行ったのですが、美しい景色と美味しい料理に幸せな時間を過ごしてきました。

仕事で忙しい夫はなかなか時間を取ることができません。実は新婚旅行もまだです。
落ち着いたらどこかに行きたいとリクエストをしていました。
急遽予定が空いたので北海道へ連れて行ってくれたのです。

ガラス製品を購入したいと考えて、私が選んだのは醤油差しです。
食卓で使うとき、いつも素敵なひとときを思い出せるかなと思って選びました。
素敵な時間を作ってくれる夫に感謝しています。
ありがとうと毎日、伝えたいです。

＝＝＝＝＝＝＝＝＝＝＝

このブログを更新していると、あの甘すぎる札幌での夜を思い出してしまう。
もしかしたら私たちの関係は、進展できるかもしれない。
この期待は、どう転がっていくだろうか。

第四章

恭平さんとは毎日同じベッドで眠るようになり、穏やかな毎日を送っている。もしかしたら私のことを好きになってくれたのかと思うような日もたくさんあるが、それはない。だって、期間限定を撤回してくれないのだ。

私のことを好きになるように努力をしている最中なのだろうか。

きっかけは普通ではないけれど、夫婦になったのだから歩み寄ろうと考えている可能性もある。

でもどちらにしろ、私が好きだと伝えてしまったから、負担をかけていることには間違いなかった。

『お久しぶり。ちょっと出て来られない？』

突然いずみちゃんから電話があり、私は断る理由もなかったので、外に出ることにした。

指定されたのはホテルのレストラン。

個室になっていて他の人から話を聞かれることはない。

私もいずみちゃんも世間の目に晒されてる身なので、人の目が気にならないことに安堵する。

部屋で待っていると扉が開かれ、いずみちゃんが登場した。

サングラスをしてノースリーブのワンピースと細いヒール。雑誌の世界からそのまま飛び出てきたようで、思わず見入ってしまった。

私の目の前に座ってアイスティーを注文する。店員が出たところでサングラスを外して胸の間に挟んだ。

「あのブログいったい、なんなの？」

「あれは……」

ものすごい剣幕《けんまく》で言ってくるので私は言葉に詰まった。

「嘘に嘘をまた重ねるつもり？　世間の人に偽装結婚じゃないってアピールしてるってことよね？」

とてもややこしいのだが、書いていることは本当だ。だけど夫婦として円満だというのは嘘である。

体の関係を結んでからやさしくしてくれているが、この結婚に契約期間があることを解消したいとは言われていないのだ。

言い返すことができず黙っていると、いずみちゃんは腕を組んで私を睨みつけてきた。

「ブログはぜーんぶ嘘だって私が公言したら、また世間の評価をひっくり返すことができるの」

恐ろしいことを言われているが本当にその通りなのだ。

いずみちゃんは私の前ではちょっと嫌味《いやみ》な感じ。

しかし、テレビに出ているときやモデルをしているときはピュアで純粋な人という感じで評価されている。いわゆる好感度がとても高いのだ。

その彼女が発言することを鵜呑《うの》みにしてしまう人が多いのも事実である。

「私の言う通りにしたほうがいいわ。みーんなハッピーになれる」

「……どうしろと言うの？」

「お兄ちゃんを自由にしてほしいの」

意味がわからなくて私は黙っていずみちゃんを見つめる。

「離婚してほしいってこと」

あまりにもはっきり言う。

いずみちゃんは私のことを気に食わないのかもしれない。だから離婚をするように迫っているのか。

でも離婚は慎重にしなければ、会社のイメージを傷つける。いずみちゃんはちゃんと考えているのだろうか。

「今、離婚してしまったらイメージがダウンして、会社の状況も悪化してしまうと思うの……。離婚するのは早すぎると思う」

そう言っているけれど、本当は私が一緒にいたいんじゃないかなと自問自答してしまう。

もし、恭平さんが私のことを好きになろうと努力してくれてる最中だとしたら、この時間を大切にしたい気持ちもある。

そう思っていたら、いずみちゃんがため息をついた。

「理由、教えてあげる」

「理由?」

いずみちゃんは頷いて口を開く。

「お兄ちゃんはね、心から愛している女性がいるのよ」

「え?」

耳を疑うような爆弾発言をしたのだ。

「その様子だと知らなかったようね」

そういう相手がいるなら、その人と結婚するべきだったのではないか。なぜわざわざ私を幼馴染という理由だけで選んだのか納得できなかった。

いずみちゃんが話す言葉を信じたくない。でも耳を傾ける。

「本当は結婚したい人がいたのよ。でもまだ一人前になっていないからと相手の両親に反対されたみたいで。二人はお互いに成長したらまた会いたいと約束をしてそれぞれの道に進んで行ったの」

そんな話を聞いたことはなかった。

「それなのに想定していない出来事が起きてしまったの」

〝DDD&M〟のCEOが恭平さんに、自身を使って式場でプロモーションするならそれに協力すると言ったことだろう。

「急いで結婚せざるを得ない状況になってしまって」

いずみちゃんの話していることが本当だとしたら、恭平さんはとても心苦しい毎日を過ごしているのではないか。考えるだけで胸が痛くなってきた。

「お兄ちゃん……かわいそうだった」

遠い目をした。

結婚したいほど好きな人とではなく、愛していない私と結婚してしまった。しかも、私から告白され体の関係まで迫られ苦しんでいるだろう。

恭平さんはやさしい。だから私のことを傷つけたくないからとの理由で、もしかしたらこの先も結婚生活を続けようと考えているかもしれない。そうすれば彼が本当に好きな人と一緒になることはできないのだ。

指先がだんだん冷たくなって、体中に震えが湧き上がってくる。

「会社のために結婚しなければいけない状況だった。だから、美佐子ちゃんと入籍した。これはお兄ちゃんが選んだ道よね？　期間限定の偽装結婚をすると決めたとき、お兄ちゃんの考えを尊重しようと思ったの。でも、美佐子ちゃんと結婚した姿を見ても幸せそうに見えなかった。なぜならお兄ちゃんにはずっと好きな人がいるから」

崖から突き落とされたような強い衝撃が走った。

もっと早くこのことを知っていれば、私は自分の気持ちを伝えるようなことはしなかった。

後悔しても仕方ないが、タイミングが悪かったとしか言いようがない。

「美佐子ちゃんが離婚となると会社のイメージダウンになるから、美佐子ちゃんがどうしても夢ができてしまったと言って外国に行くことにするって提案していたでしょう？」

恭平さんが私に結婚の話を持ちかけてきたとき、いずみちゃんに聞かれていたのだ。

その通りなので私は頷いた。

「それなら二年と言わずにもっと早く離婚して、ことを片づけたほうが傷は大きくならないんじゃないかな」

畳みかけられるように言われ、納得しそうになる自分もいる。

「いずみちゃんの言ってることはすごくわかる。でも……せっかく会社の株価が上がってきている最中だよ？　やっぱりそこは慎重にならなければいけないんじゃないかな」

「……そうね。美佐子ちゃんが全面的に悪いことにすればいいじゃない。私がもっと早く事実を教えてあげればよかったのかもしれないね。今のままではお兄ちゃんが苦しむってことよ」

恭平さんが辛い思いをするのは切なすぎる。

私は言い返すことができなかった。

「助言はしてあげたからちゃんと考えてみて」

「……ありがとう」

「ブログを読んでいると、お兄ちゃんのことが本当に好きだというのが伝わってくる。好きなんでしょう？」

恭平さんに思いを伝えてしまっている。

だからもう隠すことはない。私は素直に頷いた。

「……好き」

いずみちゃんは大きなため息をついた。

「自分の気持ちを押しつけるのは、本当に愛している証拠なのかな？　お互いに傷つかないために、最善の方法を考えたほうがいいと思うけど」

いずみちゃんは伝票を手に取り立ち上がった。

慌ててお財布を出そうとすると手で制される。

「呼び出したのは私なんだから、ここは支払わせて。もしよかったらゆっくりしていってね」

颯爽《さっそう》といなくなった。

しばらく私はそこから動けずに一人でぼんやりと考えていた。

告白をしてから恭平さんは親しみを込めて接してくれているように感じるけど、相当無理をしているのかもしれない。

罪悪感に襲われて体が重くなり、なかなか立ち上がることができなかった。

七月十九日

＝＝＝＝＝＝＝＝＝＝

タイトル『ドライブ』

こんにちは。

いつもブログを読んでいただきありがとうございます。


先日夫が「海を見たい」と言ったのでドライブをしてきました。

貝殻のかわいい形をしたイヤリングを買ってくれ、このイヤリングをつけて「また一緒に出かけよう」と言ってくれました。

私がおしゃれをしていると夫は喜んでくれます。年齢を重ねてもおしゃれを続けていきたいです。

プレゼントしてくれた貝殻のイヤリング、大切にします。

皆さんも暑い日が続きますのでお体を大事に。

＝＝＝＝＝＝＝＝＝＝

プレゼントしてくれた貝殻のイヤリングと共にブログを更新した。

先日、突然ドライブに連れて行ってくれた。

午前中は仕事で午後から休みだったらしく、ランチをしてショッピングをして夕日が見える海を眺めていたのだ。

海風はとても気持ちよかった。

けれど、恭平さんの好きな人はどんな人なのか。日本にいるのかそれとも海外で出会ったのか。本心に迫ることはできなくて、そのことばかり考えながら一緒に過ごしていた。

隣にいる恭平さんは、この景色を見ながら、本当は別の女性を心に浮かべているのではないかと考えると切なくて。

それなのに私の手を握ってくるから、無理させているに違いないと泣きたくなった。

思い詰めたせいか、だんだんと気分が悪くなってしまったのだ。

『ごめんなさい……具合が悪くて……』

『ごめんな。家に帰ってゆっくり休もう』

彼はなにも悪くない。

恭平さんの心を知らないで、私が告白してしまったことが悪いのだ。

それなのに車に乗せて、あまり揺れないように運転して自宅へと戻った。

家に帰ってからも、熱を測ってくれたり、冷たいものを飲ませてくれたり、いたわってくれたのだ。

恭平さんのやさしさをかみしめていた。


ブログを更新してから私はソファーに深く腰をかけた。

今日もあまり体調が思わしくない。ここ最近ずっとそうだ。

座っているのが辛くてソファーで横になった。

めまいがする。気持ちが悪い。あまり無理はしないでおこう。

テーブルに置いてあるスマホが着信を知らせる。

『美佐子、体調は大丈夫か？』

「うん……」

『ブログも無理して更新しなくていいんだぞ？』

「ありがとう。暑いせいかちょっと具合悪くて……」

『病院に行ったほうがいい。一緒について行くことができないんだ。ちょっと考えてみるから待っていてくれ』

大丈夫だと言おうとしたのに電話が切れてしまった。待っていたけれど、電話は鳴ることがなく、私はそのまま眠っていた。

それから突然チャイムが鳴り目覚めた。訪問者はなんと母だった。

恭平さんから『ついていけないので、できれば一緒に病院に行ってあげてもらえませんか？』と連絡があって、わざわざ家まで来てくれたそうだ。

「美佐子、大丈夫なの？」

「お母さん……びっくりした」

家は比較的近いところにあるのに、最近はゆっくりと実家に帰っていなかった。母が近づいてくる。

「恭平君が私に電話をくれたのよ。素敵で過保護の旦那様ね」

テレビで報道されたが、母は私の言葉を信じ普通に愛し合って結婚したと信じている。

「念のため病院に行ったほうがいいわよ」

「具合悪いけど、それほどじゃないから……」

「もしかしておめでた？」

勢いよく否定してしまったが、母はニヤリと笑う。

「そんなわけないじゃない」

「そんなわけないってなによ。夫婦なんだからそんなわけがあって当然でしょう」

「まぁ……そうだけど……」

札幌で体の関係を持ってしまったので、可能性がないわけではない。でも、一度の交わりで授かることなんてあるのだろうか。

その可能性は低いと思うけど、わざわざ母が来てくれたので、タクシーで病院に向かうことになった。

診断結果は、特に問題なく極度のストレスを抱えているせいではないかとのこと。無理せずに自宅でゆっくりしてほしいとの話だった。

帰りは天気がよかったので、ゆっくりと歩きながら帰る。

「今日は夕食の準備が大変でしょう？　お母さんが作ってあげる」

「ありがとう。甘えちゃおうかな。お父さんは大丈夫？」

「うん、飲み会があるらしいから夕食はいらないって連絡が入っていたから」

「ナポリタンがいいな」

「いいわよ」

スーパーに寄り材料を買い込んで家に戻ってきた。

母の作るナポリタンが大好きなので、恭平さんにも食べてもらいたいと思いリクエストした。

マンションに戻ってくると、早速母はキッチンに立った。料理する母をぼんやりと見つめる。

「美佐子、悩みでもあるの？」

「え？」

「経営者の妻というのは気苦労が多いのかもしれないわね。お母さんに言えることならなんでも言いなさい。気持ちを楽にすることが大切なんだから」

私のことを思って声をかけてくれた母の言葉が胸に沁みる。

『この結婚は期間限定の嘘の結婚なの』って思わず気持ちを吐き出したくなってしまう。でもそんなこと言ったら、母はショックで倒れてしまうかもしれない。

会社を救うためにいろんな人に嘘をついてしまって、自分の首を絞めている。自ら選んだ道なのに間違っていなかったのかと自問自答する日々。

恭平さんには隠すことができなくて、思わず本心を伝えてしまった。自分の中で処理しきれないぐらいごちゃごちゃとした感情が渦巻く日々。

恭平さんに対しては、正直に気持ちを伝えて失敗した。

大人になった私は嘘をつかなければいけないときもあるのだと学んだ気がする。

「大丈夫。ごめんね……。会社もいろいろ大変なんだけど、なんとか支えられるように頑張ろうと思ってる」

「そうね。妻として支えていかなければね。覚悟して結婚したんだから。でも、無理だけはしちゃダメよ。力を抜くときは抜かないと」

夕食を準備した母は家に戻った。久しぶりに母親の愛情をたっぷりもらった気がする。

十八時に恭平さんが帰ってきた。

「早かったんだね」

「心配でたまらなかったから。どこか悪いところでもあったのか？」

まるで大切なものを見つめるかのような瞳をしている。恭平さんは私のことを大事に思ってくれているのだ。

そこに愛情があるわけではない。ただ一緒に住んで責任を持とうとしているのが伝わってきた。彼の視線を独り占めできるのが幸せでたまらない。

しかし、自分の気持ちを優先させて一生そばに居座ろうとしたら、恭平さんを苦しめることになるのだ。

一緒にいたい。離れなきゃいけない。その狭間《はざま》で苦しい。

「ちょっと体調崩したみたい。家でゆっくりしてたら大丈夫だって」

「そっか。本当は俺が連れて行けたらよかったんだけど……。秘書にお願いしようかと思ったが、気心知れた人のほうが安心して通院できるかと思って。お母さんにもお礼の電話をしなければいけない」

「お母さんが夕食作ってくれたの。ナポリタンなんだけど絶品だからもしよかったら食べない？」

「ありがとう。美佐子は食べられるか？」

「少しなら」

準備しようと立ち上がると「座っていてくれ」と言われソファーに戻された。

「俺がやるから、ゆっくりしていてほしい」

有無も言わせない力強い眼差しだったので、思わず頷いてしまう。

「恭平さんは、やさしすぎる」

「え？　当たり前だろう？」

笑いながらキッチンへ向かった。

当たり前なんてことはない。無理していることが当たり前になっているならそれはそれで悲しすぎる。

「あたためたぞ」

「ありがとう」

この幸せな時間が一生続けばいいと願ってしまう。そんなことを思う私を許してほしい。

うまく整理のできない感情と戦っていた。

◆

それから私はすぐに体調が回復した。

一時的なものだったのかもしれない。

いずみちゃんに会ってから、恭平さんに本当のことを聞くことはできないまま時間だけが過ぎていき、もやもやした気持ちで過ごしていた。

今日は七夕だ。イベントはブログを書く上でとても大切な日。

私は元々ブライダルプランナーをやっていたので、企画を考えることが大好きだ。

だけど今夜は、どこかに連れて行ってくれるらしく、恭平さんが内容を考えると言ってなにも知らされていない。

恭平さん企画のイベントはロマンチックなものが多くて、楽しんではいけない立場なのに心が躍る。

どこに出かけてもいいように、袖がヒラヒラしていてウエストマークがされている藍色のワンピースを着た。

髪の毛はアップにしてナチュラルなメイクをした。まるでデートの約束をしているかのようだ。

こんなに気持ちが舞い上がっていていいのだろうか。ふと、鏡に映った自分と見つめ合い、自問自答する。

(……いずみちゃんの言っていた通り、早めに離婚するべきなのかな)

夕方になり仕事が終わったと連絡が入った。忙しいのに、大切な日を私と過ごそうとして時間を作ってくれたのだ。

ブログのためかもしれないけどありがたい。私も一生懸命ブログを更新しなければと身が引き締まる。

マンションの前に到着した彼から連絡が入った。外に行くと、運転手つきの車が待機していた。

私が乗り込むと彼は穏やかな表情で迎えてくれる。その姿はまさしく大企業の社長という風格を持っていた。

そして、自分が本当の妻になったかのような錯覚を起こしてしまう。

「お疲れ様」

「ありがとう」

車がゆっくりと発車した。

「どこに連れて行ってくれるの？」

「お楽しみだ」

なんだか楽しそうな姿を見ていると私も楽しくなっていく。

しばらく車を走らせると到着したのは恭平さんが経営するホテルだった。

「妻を経営するホテルに案内するとは引いたか？」

「そんなことない。楽しいことを考えてくれてそうって期待してる」

車から降りると恭平さんがエスコートしてくれる。彼の腕にそっと手を絡ませた。

彼のぬくもりが伝わってきて心臓の鼓動が加速する。

並んで歩いていると様々な角度から視線を感じる。

今は少し落ち着いたけれど、ワイドショーで連日放送されていた二人だ。注目されてしまうのは仕方がないこと。

運命だと思ってあまり気にしないようにした。

部屋の前に到着し、こちらに視線を向けてきた。

「七夕プランを美佐子のために作ってみた。体験してみて気に入ってもらえたらお客様にも来年から提供したいと思っている」

恭平さんは仕事熱心だ。

「わかった。しっかりチェックするよ！」

私はブライダルプランナーですとでも言いたげな口調で言って、ときめきを隠した。

背中を押されて入室する。

ベッドも壁もブラックで、驚いた。

「おしゃれな部屋だね」

「仕掛けを用意しているんだ。楽しんでくれ」

「うん！　楽しみ」

部屋で景色を見ながらのんびりし、夕食を摂ることになった。部屋食が運ばれてくる。

「今回は特別に考えてもらったメニューなんだ」

「すごい、楽しみ！」

「七夕らしく星とかをモチーフにして料理に取り入れてもらうようにお願いしてみた」

「それはいいね」

まずは前菜がテーブルに置かれる。

ホタテや野菜が黒い皿に添えられキラキラと輝くジュレがかかっていた。口に入れるとすごく美味だ。

「見た目もかわいいし、味も最高」

「料理の説明書きにもこだわってもらって」

読んでみると料理の説明にイメージしたものが書かれていて、とても面白い。

たとえば、北海道産のスイートコーンを使った濃厚なスープは、星の色をイメージしたらしい。

肉も魚も、盛りつけにこだわっていて、もちろん味も美味しかった。

最後のデザートは、星の形に切り取られた飴《あめ》細工とメロンのシャーベットがついていた。

「どの料理も美味しくて見た目もかわいくていいね。七夕だけなのがもったいないなあ。『いつでも織姫《おりひめ》と彦星《ひこぼし》カップルプラン』とか、どうかな？　織姫と彦星になりきって写真を撮るというのもいいかも」

企画するのが楽しくなって、ついついペラペラと話してしまった。

恭平さんは、穏やかな表情で私のことを見ている。

あまりにもじっと見つめられるので、耳が熱くなってしまった。

「な、なに？」

「さすが、元ブライダルプランナーだ」

「ごめん、熱が入っちゃった」

「美佐子に言われると自信が持てる。この部屋をいつでもお客様にも使ってもらえるように考えるよ」

笑顔をくれた。一緒に会社で働いていたときを思い出す。

憧れている人の会社で、一緒に仕事をするのは幸せな日々だった。

「うん！　あぁ仕事をしていた頃がすごく懐かしい。プロジェクトメンバーに選ばれたとき楽しかったなぁ。一緒に働くことができて楽しかったし」

そんなに遠い昔のことではないのに、ずっと前の話のような気がする。

いろんなことがありすぎてかなり時間が経過したように感じるけど、去年の十一月までは働いていたのだ。

「まだまだイベントを用意しているんだ」

「そうなの？」

しんみりした空気を変えるように彼は言った。

そして運ばれてきたのはキラキラと輝くカクテル。

光る氷であるライトキューブが入っていて、見ているだけでも美しい。

「綺麗」

部屋が急に真っ暗になる。驚いていると天井に星空が広がったのだ。

「すごい」

「ちょっとやりすぎじゃないか？」

「やりすぎがいいよ。お客様は記念日を特別な一日にしたいから」

「そうか。美佐子の願い事が叶うといいな」

私の願い事。

ずっと永遠に恭平さんと一緒に暮らしていきたい。

しかし、人の不幸の上に自分の幸せを作ってもいいのだろうか。

彼には好きな人がいるのに……。

「せっかくだからベッドに横になって見てみよう」

「そうだね」

横になって天井を見つめると、本物の星空みたい。

感動がこみ上げてくる。

部屋の中にはオルゴールの落ち着く音楽が流れていて、リラックスできる環境だった。

「スピーカーもいいものを置いているみたいだね」

「そうなんだ。最高級のものを用意して演出をする。お客様も喜んでくれるだろう?」

「うん。最高だよ、恭平さん」

これは仕事の一環でやってくれていることなのだ。私を喜ばせたいとかそういうことではない。

上がっていたテンションがだんだんと下がっていく。

素直に喜んでいる場合ではないのだ。

二人の間に沈黙が流れた。

「今日は……美佐子にいつもお世話になってるから、楽しんでもらいたくて」

「……え？」

横を見ると恭平さんはまっすぐ天井を見つめていた。どこか恥ずかしそうにしている。

私と彼は札幌で体を重ねたっきりだ。

手を握られてドキッとする。恭平さんの手はすごく冷たかった。

彼は体を少し起こして、こちらに熱い視線を向けてきた。

大きな手のひらが私の頬を包み込む。

星の光の中で見る彼の顔はいつもより素敵で、息をするのも忘れていた。そのまま顔が近づいてきて唇が重なる。

ここでキスをしてしまったら、もっと彼のことが好きになってしまう。

自分の気持ちを優先してずっと一緒にいたくなる。

（どうしよう……っ）

でも彼が私のことを求めてくれているなら、今必要とされているなら、答えたい。

私は、瞳を閉じた。

柔らかい唇の感触に翻弄されていく。

これ以上恭平さんのことが好きになっても、本当に後悔しないのか。そんなことを考えながら彼の腕の中にいた。

愛する人の体温を感じながら……。

第五章

恭平さんは、七夕の後から出張が多くなり、ほとんど一緒に出かけていない。海外で新事業を展開するという話も出ているそうで、忙しい日々が続いている。どうか体を壊さないでと願うばかりだ。

ブログが私の唯一できることなのだが、ネタが尽きてしまい最近はあまり更新できていなかった。

（過去の思い出話を書こうかな）

もうすぐ九月になるが日中は残暑が厳しい。

ただ秋へと向かっているのか、朝と晩は涼しい風が吹くこともある。季節の変わり目で体調が悪いせいもあって、なかなかパソコンに向かえずにいた。

それと精神的にも不安定で、しっかりと睡眠をとることができていなかった。なぜ落ち着かないかというと、いずみちゃんから『結論は出たの？』とのメッセージの頻度が多く、参ってしまっている。

私はまだこの家を出て行く勇気がなくて、とても苦しんでいた。

恭平さんを愛してしまい、なにが正解なのか答えを導けずにいるのだ。

このまま考えていたら頭がおかしくなってしまいそう。

まず、今できることをしよう。

久しぶりにブログを更新することにして、管理画面を開いた。メッセージが届いている。

『最近はブログの更新はないんですか？　奥様のブログ大好きです』

『結婚したらお二人のような素敵な夫婦になりたいです。応援しています』

ブログをはじめた頃は、嫌なコメントもつけられたが、最近は肯定的なメッセージが多い。そのコメントを読んでいると逆にこちらが励まされることも多かった。

受信トレイを開くとき、心臓の嫌な鼓動を感じることはもうない。安定した気持ちでクリックすることができている。

このブログはブログの記事にコメントをつけることもできるが、個人的な私書箱が設けられていて中身は一般公開されることはない。

非公開のメッセージもたくさん届いていて私は一つ一つ真剣に読んでいた。そして、最後のメッセージをクリックする。

『あなたの夫、浮気していますよ』

私は息を呑んだ。たったそれだけが綴られたメッセージは気味が悪く、背筋に冷たいものが流れていくような感じがした。

「イタズラ……？」

（きっとイタズラ。気にしちゃダメ）

パソコンの画面を閉じようとしたけれど手が止まる。

メッセージの送り主のところには名前が書いてあって、クリックすると相手のブログに飛んで行ける仕組みになっていた。

（……どうしよう）

見てもいいのだろうかと思いつつ、ついついクリックしてしまう。

美容に気を使っているみたいで、ファッションや化粧のことが書かれていた。

『キラリーヌ』というブログネームを使っているようだが、個人を特定できるような情報はなにも書かれていなかった。

なんとなく嫌だなと思いながらパソコンを閉じた。

ソファーの上でぼんやり座りながら考え、いずみちゃんが話していたことを思い出した。

恭平さんには想い人がいるのだ。もしその人と再会していたら、密会している可能性性だってなきにしもあらず。

もしそうだとしたら、私の存在は非常に邪魔なのではないか。

考えれば考えるほどパニックを起こしそうになっていた。

「落ち着け……私」

なるべく日常生活を送ろうとして夕食の準備をする。

食事を作り終えて待っていると、恭平さんが戻ってきた。

「ただいま」

「おかえりなさい」

ブログのことを言おうかと思ったけれど、あまり大ごとにしたくない。

浮気をしているという目撃情報が本当だったら、どんな判断を下せばいいのか。一刻も早い離婚というのも考えなければならない。

でも私の心の整理はまだまだできていなくて。

どちらにしても、今はまだ聞くべきでないと思った。


それから数日後。

恭平さんはせっかくの休日なのに予定があるらしい。朝から忙しそうに準備をしている姿を見ていた。

「ごめんな?」

「お仕事?」

「あぁ……いろいろあって」

「そうなんだ」

仕事だと言うので、それ以上問い詰めることはできない。

「行ってらっしゃい」

「行ってきます」

一人ぼっちになってしまった気がした。

本物の夫婦であれば、仕事から帰ってきたら気持ちをぶつけるだろうけど、そんなわけにもいかない。

切なさに押しつぶされていると、タイミングよく雨宮さんから連絡が入った。

雨宮さんがランチに誘ってくれたので、気分転換に外に出ることにした。

服装を選ぼうと外を見るとあいにくの雨だ。

着替えをして傘をしっかり持って家を出た。

待ち合わせ場所に到着し、移動する。

あのまま部屋にいたらどんどんマイナス思考になっていたに違いない。雨宮さんの存在は救世主だ。

連れてきてくれたカフェの店内は明るく、清潔な雰囲気で大きな窓がある。

休日ということでたくさんの人で賑わっていた。

「ここのシーフードドリアが絶品なのよ」

「そうなんですね」

今日は日中だというのに少し寒い。あたたかいものを食べたかったからちょうどいい。

「それでどうなの？　気持ちは伝えることができた？」

「はい。ちゃんと好きだとは言ったんです……」

私の言葉を聞いて、雨宮さんは親族のような笑顔を作ってくれる。私には姉はいないけれど、もし姉がいたらこんな感じなんじゃないかなと思った。

「頑張ったじゃない。変化はあったの？」

「いえ……」

「えーなんで？　恭平も絶対に好きだと思うんだけどなぁ」

首を傾《かし》げながら運ばれてきたアセロラドリンクを飲んでいる。

今までこの話は誰にも言っていなかったけれど、自分の中で溜めておくことが辛くなり、私は口にすることにした。

「……好きな人がいるみたいなんです」

「え？　それはどこからの情報？」

「妹さんから……」

雨宮さんは唇をぎゅっと結んで考え込んだような表情をする。

「それって、信じてもいいのかな」

「私もはじめは信じないようにしていたんですけど、あの実は……」

ブログに届いたメッセージのことを相談しようと口を開きかけたとき、雨宮さんは何気なく視線を外にずらした。そして目を大きく見開いて凝視している。

その視線を追うと、驚いたことに恭平さんがいた。

仕事だから外を歩いていても不思議なことではないけれど、彼の隣には目を見張るほど美しい女性が歩いていたのだ。

しかも一つの傘の中で肩を寄せ合っている。

まるでドラマに出てくるような美男美女のカップルみたいで、しばらくそのまま固まってしまった。

『あなたの夫、浮気していますよ』

ブログに届いていたメッセージは頭の中に浮かび現実を帯びている。

しかも、相手はかなり洗練された女性だった。

「きっと仕事関係の人だから、気にしないほうがいいよ」

雨宮さんの声で私は現実の世界に戻ってきた。

私を安心させようとして言ってくれているのがわかり、笑顔を作ったけれどうまく笑えていたかわからない。

そのタイミングで熱々のシーフードドリアが運ばれてきた。ものすごく美味しそうなのに食欲が一気に失《う》せてしまう。

「それとなく探りを入れるからまかせて。私は美佐子ちゃんの味方だよ」

「ありがとうございます」

せっかく誘ってくれたのにランチが喉を通らない。

届いたメッセージのことを伝えようとも思ったが、完全にタイミングを見失ってしまう。

元気づけようといろんな話をしてくれたのに、耳の中を言葉が通り抜けていくだけだった。

雨宮さんと別れて家に戻る途中も、恭平さんがさっき歩いていた女性とどんな関係なのか気になって仕方ない。

いずみちゃんが言っていた恭平さんがずっと想いを寄せている人なのだろうか。

それとも別に知り合って心を通わせているのか。

考えれば考えるほど具合が悪くなってくる。

自宅に戻ってもなにもする気にならず、ソファーで横になっていた。夕食を作らなければいけないのに、体を起こすのは大変だった。

それでも食事をなんとか作り、彼の帰宅を待つ。

気になってメッセージを送ってきた女性のブログにアクセスする。

特に更新されてる様子はなく、相手がどんな人なのか情報を得ることができなかった。

私は情報を得てどうするつもりなのだろう。

ぼんやりしていると帰宅する音が聞こえた。いつもは玄関まで迎えに行くのにそんな気持ちにならなかった。

リビングの扉が開き彼がこちらを見つめてくる。

「ただいま」

「おかえりなさい」

「今日はなにしてた？」

「雨宮さんとランチをしてきたよ」

「楽しかったか？」

「……楽しかったよ。恭平さんは？」

「俺？」

つい気になって聞いてしまう。契約結婚なのだから、彼が恋愛するのは自由なのだ。それなのに質問してしまった。

「恭平さんは、お仕事大変だった？」

「いつものことだから」

話をごまかされたような気がする。

本当は仕事なんかじゃなくてプライベートで女性に会っていたのだと確信してしまった。

夕食を一緒に食べていても話が進まない。私とこうやって暮らしていることに不自由を感じているのではないか。そう思うと、いたたまれなくなってしまった。

片づけ終えた私は恭平さんに視線を向ける。

「恭平さん、今日は一人になりたいから自分の部屋で眠るね」

「え？」

一緒に眠るようになってからいつも彼の部屋で眠っていたが、少し距離を置きたくなった。置かなければいけないと思ったのだ。

ずっとそばにいることが当たり前になって、これからも離れたくないという気持ちがある。だからこそ冷静になって考えなければいけない。

「待ってくれ」

聞こえないふりをしてドアを閉じた。


次の日、雨宮さんからメッセージが届いた。

『知らせようか迷ったんだけど、どうやら昨日は出勤してなかったみたい。たまたま廊下で会ったから昨日見かけたよって話したんだけど、濁したんだよね』

『そうだったんですか。情報ありがとうございます』

学生時代から仲よかった雨宮さんにも本当のことを伝えなかったということは、それは本気だということだ。

雨宮さんは私の味方をしてくれているようで、心強い。

はっきり聞くべきなのかもしれない。でも愛している人がいると知ってしまったら、私は受け止めることができるのだろうか。

最近すごくネガティブになって、体が重くなる。ため息をついて肺に大きく息を吸い込んで気持ちを落ち着かせていた。

ふとカレンダーを見ると生理が来ていないことに気がつく。お腹にそっと手を当てて小さな声でつぶやいた。

「まさか……ね」

でもないことではない。

今もしこのタイミングで子供を授かっていたら、恭平さんをさらに縛りつけてしまうことになる。でも赤ちゃんにはなんの罪もない。

(どうしよう……)

悩んでいてもなにもはじまらない。妊娠しているかしていないか、まずははっきりさせることが大事だ。

時計を確認すると、恭平さんが帰ってくるまでまだ時間がある。

近くのドラッグストアで検査薬を購入しようと外に出た。

家に戻ってきてトイレに入ろうとしたが、思わず立ち止まってしまう。

どんな結果が出るのか、怖くてたまらない。愛する人の子供を身ごもったということは、人生の中で最高の喜びだが、夫には他に好きな女性がいる。

私は子供を産みたいけど、そんな状態で生まれてきても子供は幸せなのだろうか。様々なことが頭の中を駆け巡っていくが、まずは検査をしなければ。

検査結果が出るまで、私の心臓は潰れてしまいそうなほど緊張していた。

そして検査の結果が出た。

「……陽性」

恭平さんに好きな人がいるなら私は身を引いたほうがいいと思った矢先だった。それなのにお腹の中に赤ちゃんがいるなんて……。

このまま子供を産んで結婚生活を続けてもいいのだろうか。

使用済みの検査薬をゴミ箱の中に入れた。

考えれば考えるほどわからなくなる。

まずは、病院に行ってこの検査結果が本物かどうなのか調べてみなければいけない。

でも、勝手に一人で病院を決めて行ってもいいのか迷いはあったが、とてもじゃないけれど今の状態では相談できない。

夫婦のことなのに、私たちは本当の夫婦ではないのだ。

子供が欲しいと望むのは、私の身勝手で頼んだこと。そうであれば一人で産んで育てるのが筋だ。

どちらにしてもこの検査結果が本物なのかどうか、調べる必要がある。市販の検査薬でも最近のものはとても性能がいいけれど、タイミングによって間違った検査結果になるとネットで見たことがあった。

恭平さんにも両親にも秘密で私は婦人科クリニックを予約した。そこで検査して結果を待つしかない。

考えないようにしようと思っても、なにも手につかず、珍しく夕飯を準備してなかった。

吐き気がして仕方がない。胃液が上がってくるような不快感と、船酔いしているような感覚。

これはきっと俗にいうつわりなのかもしれない。

ソファーの上でぼんやりとしていたら、部屋が明るくなって意識が戻る。

「部屋が真っ暗だったじゃないか。どうしたんだ」

帰ってきたことに気づかず、慌てて立ち上がる。

「ごめんなさい、もうこんな時間だったんだね」

私の隣に腰をかけた。そして顔を覗き込んでくる。

「体調でも悪いのか？」

「大丈夫。ごめんね。これから作るから」

キッチンに向かおうとする私の手をぎゅっとつかまえられる。

おそるおそる見ると、恭平さんの瞳には憂いの色が浮かぶ。申し訳なくなった。

「そんなに毎日無理をしなくてもいいんだ。今日はなにか一緒に食べに行こうか？　それとも外に出たくなかったら、デリバリーをお願いしてもいいし。もしかして、食べる気がしないのか？」

穏やかでやさしい声で言うから、泣きたくなる。

恭平さんには好きな人がいるのに、私が好きだと言ってしまったせいでこんなことをさせてしまっているのだ。

いずみちゃんが言った通り、私は恭平さんを縛りつけてしまっているのかもしれない。

「ごめんなさい。今日は食欲がないから一人で食事をしてもらってもいいかな」

「本当に、大丈夫なのか？」

「うん。まずは安静にして様子を見てみるから」

顔を見ていると辛くなってしまって、私は自分の部屋に入った。

その次の日、クリニックがいくつも入っているビルに向かう。

まずは本当に妊娠しているのか調べてもらう必要があったからだ。

問診票を記入し、ドクターと面談して、それから尿検査とエコー検査をし、妊娠八週目だと告げられた。

間違いであればいい。そう考えていたことを赤ちゃんにお詫びした。

小さくたってちゃんとここに命が芽生えているのだ。

一般的に八週から十週がつわりのピークみたい。だからこんなに気持ちが悪かったのだ。

会計を済ませてエレベーターに乗る。

「こんにちは、お久しぶりです！」

「こ、こんにちは」

名前ははっきり覚えていないけれど、同じ会社で働いていた女の人に声をかけられた。

「目の調子が悪くて眼科に来たんです。美佐子さんは？」

「私もちょっといろいろありまして……」

まさかこんなところで知っている人に会うなんて思わなかった。

ごまかしつつエレベーターに一緒に乗り、一階に到着すると彼女は足早に去って行った。

不安が一番に押し寄せてくるかと思ったけれど、案外私の覚悟はすんなりと決まっていた。

母親としての気持ちが強く湧き上がり、どんなことがあっても子供だけは守り抜きたいと思ったのだ。

◆

最近、美佐子が俺のことを避けているように感じる。日々忙しい毎日を送っているが、ふと彼女のことを考えることが多い。

期間限定の結婚だと言ったのにまさかこんなふうに両想いに転がるとは思わなかった。だからこそ、この幸せがいつまで続くのかと不安で仕方がない。

ブログに綴られていた感情が本物だと知って、どうにかなってしまいそうなほど嬉しかったのだが……。

（機嫌を損ねることをしてしまっただろうか？）

そうだとすれば、なにが原因なのかまったくわからない。

俺たちのはじまりは最悪だった。だからこそこれからはしっかりと絆《きずな》を深めていきたいと思ったのだ。

ところが最近目を合わせてもくれないし、隠し事をされているような気がする。もしかして他に好きな人ができたとか。

絶対に会社を存続させるために仕事に打ち込んでいる日々。そのため二人きりの時間を作れていないのだ。

ただ美佐子に喜んでもらえるように、とびきりのサプライズを用意しているのだ。

それは『時』が来たら伝えようと思っているが、今彼女がなにを考えているのかわからない。

しっかり時間を作って話さなければ埒《らち》が明かないような気がした。

午後からのスケジュールも詰まっているので仕事に集中しよう。

会議やら顔合わせなどの予定が終わり、社長室に戻ってきて書類のチェックをする。

そこに秘書の奥田が入ってきた。

「お疲れ」

「社長、ちょっといいですか」

「ん？」

「奥様が病院に通われていると耳にしたのですが」

「なんだって？」

そんな話を聞いたことがなかったので、俺は目を大きく見開いてしまった。

「どこの病院に行っているんだ？」

「詳しくはわからない。クリニックから出てくるのを見かけた社員がいて『どこか悪いんですか』って聞かれて……ボスも知らないのか」

奥田は、すっかりプライベートモードになって砕けた口調になる。

俺は、落ち着いていられない。

「本当に美佐子なのか？」

「そうだと思う」

病院に行っているとしたら、なんで言わないのだろう。

もしかして、言えないほど重たい病気なのか。だから俺のことを避けていたのだろうか。そうだとすれば点と点がつながって線になっていく気がする。

大きな病があって、言えずに苦しんでいたのかもしれない。

「情報ありがとう。家に戻ったら聞いてみる」

「お前な……」

呆れたような表情をして腕を組んで俺のことを見ている。俺は不思議に思って、奥田を見つめた。

「言わないということは、理由があるということなんだ。だから帰って『病院に行っていたのか』とストレートに聞いても奥様は素直に口を開かないと思うぞ」

「それもそうだな。さすが俺の優秀な秘書だ」

「それぐらい人間として当たり前のことだろ。お前は仕事ができるのにそういうところは不器用すぎるな」

友達関係だからこういうことを他愛なく言えるのだ。

「本当に両想いになったのか？」

「は？」

俺と秘書の間に隠し事はない。だから期間限定婚をしたことも、札幌の地で心が通いあったことも伝えている。

「最近、お前の顔色は悪いし、楽しそうな話を聞かないし。ブログの更新もない。まあ仕事で忙しくて海外を飛び回ってたから時間を取れなかったんだろうけど。本当に大丈夫なのかなって」

その言葉を聞いて俺はハッとした。

美佐子から気持ちを伝えられたとき、歓喜して思わず抱いてしまった。

それを彼女はもちろん拒否しなかったのだが、思い返してみれば俺から彼女に愛の言葉を伝えたことがあっただろうか。

関係が最悪なものになってしまう前に、伝えなければ取り返しのつかないことになってしまう。

サプライズと共にと思っていたが、まずは気持ちを伝えることが優先だ。

「奥田、ありがとう。感謝する」

「は？」

俺は一刻も早く美佐子に会いたくて帰る準備をはじめた。

家に戻ると今日も夕食を作って待っていてくれる。ところが顔色が悪くてげっそりしているように見えた。

無理やり問いただしてもダメだとわかっているが、聞きたくなってしまう。もし重たい病気にかかっていて、彼女がこの世から消えてしまうことを想像したら身がちぎれてしまいそうなほど痛くて苦しい。

涙があふれそうになってしまった。そんな俺の様子を見て逆に彼女が驚いている。

「恭平さん、どうしたの？」

「……美佐子、お前こそどうしたんだ」

「え？　なに？」

俺たちの会話はまったく噛《か》み合《あ》っていない。

美佐子の肩をつかんでじっと瞳を見つめた。

◆

帰ってくるなり彼が熱い眼差しを向けてくるので、思わず私のことが好きなのかなと勘違いしてしまいそうになった。

このまま見つめられていたら、もっと好きになってしまいそうなので逃げようとした。

すると恭平さんは私の手首を『逃がさない』といったように力強くつかんだのだ。

「美佐子……重たい病気でもあるのか？」

「病気？」

予想外のことを言われたので、私はポカンと口を開けてしまった。

どうしてそんな話になっているのだろうか。もしかしてつわりのせいで顔色が悪いのかもしれない。

先日病院に行って私は妊娠していることが告げられた。しかし、まだ恭平さんには伝えていない。

私に子供がいると言ったら、この結婚生活を続けようとするだろう。

彼を苦しめたくないのだ。

あまり心労をかけたくないので、もう少し顔色がよく見えるように発色のいいファンデーションでも使おうかと考える。

「病気なんてないよ？」

「……病院から出てくるところを見たという人がいるんだ」

「そうだったんだ」

（産婦人科のクリニックだとバレてしまった？）

隠そうとすればするほど、冷や汗が流れる。

病院から出てきたところを見たとの目撃情報だとしたら、婦人科というところまで知られていない可能性もある。

まずは、落ち着こう。

「隠し事はしないでくれ。どこの病院に行ったんだ」

妊娠しているなんて、言えない。

恭平さんには好きな人がいる。もし妊娠していることがわかれば最悪の場合、堕ろしてほしいと言われる可能性だってある。

この子がお腹の中に宿っているとわかったとき、私は母親として全身全霊で守っていこうと誓ったのだ。

「ごめんなさい……言えない。もう少しだけ時間がほしいの」

妊娠していることを伝えるべきなのか。それとも言わないでこの家を出て行くべきなのか。私はまだ答えを出せずにいた。

自分の気持ちが整理できずに苦しくなって涙が浮かぶ。

泣いてしまったところを見せて恭平さんを困らせたくない。

「美佐子……！」

「……ごめんなさい」

好きな人がいるのに、私と暮らすことは拷問なのではないか。

彼の本心を聞くチャンスだ。

思い切って聞いてみようとしたとき、長い腕で強く抱きしめられた。

恭平さんの心臓の速い鼓動音が耳に届く。

「お願いだ。正直に言ってほしいんだ……。俺は……美佐子がいないと生きていけない」

まさかの嬉しすぎる発言。これは聞き間違いだと思って私が離れようとすると、さらに腕をつかまれる。

彼が至近距離で私の顔を見て熱い眼差しを向けてきた。

「美佐子、ちゃんと気持ちを伝えていなかった」

「気持ち？」

「あぁ、俺の気持ち」

『本当は好きな人と再会した』と伝えられるかもしれない。緊張で喉の奥がキュッと絞まった。

「美佐子が気持ちを伝えてくれたとき、俺はルールを破ってしまった」

「ルール？」

「二年間の契約期間が終わるまで抱かないという約束だ」

あれは私がお願いしたから、事故的なものなので仕方がない。

「お願いしたのは私だから」

恭平さんは意を決したように口を開いた。

「昔から好きだった。強引に自分のものにしたくて、契約結婚を仕掛けた」

「……え？」

まったく考えもしなかったことを言われて、きょとんとしてしまった。

「決定打は会社が経営不振で結婚しなければいけないということだったんだが、俺は昔から美佐子のことが好きだったんだ。だから美佐子としか結婚したくないと思っていた」

そんなこと知らなくて、体が火照る。

「で、でも、私のこと好きだったなんて……一度も言われたことない。むしろ恋愛感情はないと思ってた」

「嫌われてたと思っていたから」

「そんなぁ。どうして？」

私はずっと恭平さんのことが好きだった。こちらこそ永遠の片想いだと思っていたのだ。

「アルコールを呑んで失敗してしまったことがあっただろう」

私は記憶を辿《たど》り、その日のことを思い出した。

一度だけ酔った彼に抱きしめられたこともあったっけ。

だけど私は、あれがきっかけで恭平さんのことを嫌いになるなんて、ありえない。

(恭平さんは私に嫌われていると思ってたんだ)

相手の気持ちは聞いてみなければわからないと痛感する。

「だから、本当のことを教えてくれたとき、嬉しかったんだ」

「そうだったんだね」

「誰よりも大切に思っている。だから、どこの病院に行っているのか教えてくれないか?」

今までずっと片想いだと思っていたから、告白されたことが信じられなかった。

けれど真剣な眼差しを向けてくるので、もしかしたら本当なのかもしれない。

夢でも見ているのだろうか。

自分の腕をそっとつねってみると痛みが走った。

これはどうやら現実みたいだ。

だけどブログに届いたあのコメントはなんだったんだろう。

ただの偶然かと思っていたのに、恭平さんは知らない女性と二人で休日を過ごしているようだった。

しかも、私には仕事をしたと嘘をついて。

信じることができない。だからつい私の顔は強張ってしまった。

私の反応が不思議でたまらないのか、首を傾げこちらを見つめている。

「美佐子は、俺のことが好きなんだよな」

ゆっくりと頷いた。

私が恭平さんを愛する気持ちに嘘偽りはない。

「それならこれからは、本物の夫婦として過ごしていきたいんだ」

気持ちは嬉しかった。

けれど、心に引っかかっている言葉を口にすべきか悩む。

「……ありがとう」

「なんでいい返事をしてくれないんだ。言いたいことがあれば言ってほしい」

絶対に私を手放したくないという気持ちが伝わってくる。

恭平さんの愛情は本物だと確信した。

これから夫婦として歩んで行くなら、ぶつかる壁が必ずある。

お互いに我慢をしないで、思っていることを伝え合える二人になりたい。

真実を確認するのは怖かったけれど、私は勇気を出して口を開く。

「休みの日に、女の人と会ってたよね？」

「女？」

予想外の質問だったのか、彼は眉間にしわを寄せた。

「仕事だと言って出勤したのに女の人と外を歩いているの見たの。雨宮さんとランチに出かけて……たまたま」

「あぁ……」

思い当たることがあるような返事だ。

やっぱり、私の不安は的中するのだろうか？

ブログに届いたメッセージは、本当の情報だったのかもしれないと、マイナスの感情が湧き上がってくる。

「あれは、違うんだ」

言い訳されるかもしれないと思ったけど、ちゃんと聞こうと覚悟を決めた。

「ちゃんと言って、恭平さん」

後頭部の後ろに手を回して困惑しているようだ。

「参ったな」

ため息まじりの声で言った。不安が一気に押し寄せる。

「どんなことも受け止めるから、教えてほしいの」

怖いけれど、真剣な眼差しを向けて言う。

恭平さんは、観念したというような感じで口を開きはじめた。

「彼女はジュエリーデザイナーなんだ」

ついに彼の好きな人の話を聞かされるのかと思って心臓が痛くなる。

うまく呼吸ができそうにないけれど、深呼吸をして耳を傾けた。

「……そうだったんだ」

ジュエリーデザイナーなら、見かけた女性が素敵な雰囲気だったので一致する。やっぱり浮気をしていたのかもしれない。

それなのに私のことを大切に思っているみたいな話をしていたけれど。

意味がわからなくて、頭の中が混乱していた。

「実は、美佐子にプレゼントしたいものがあって」

そんなことを言うので、私は固まってしまった。

「ブログのための指輪じゃなくて、本当の婚約指輪を渡したかった。もう一度、俺たちはスタートからはじめたほうがいいと思ったんだ」

「指輪？」

「そうだ。結婚指輪は早急に必要だったから、店に売っているものを購入して用意した。だから今回はしっかりとデザインを考えて、世界にたった一つしかないオリジナルの指輪をプレゼントしたいと考えたんだ」

そんなこと考えているとは思ってもいなくて、呆然とする。

「せっかくのサプライズだ。秘密にしておきたかった」

珍しく耳を赤く染めている。いつも完璧な彼が照れている姿を見てちょっとかわいいと思ってしまった。そして、胸がキュンとなり息が苦しくなってくる。

私のためを思ってしてくれていたなんて。胸がときめいてしまう。

「そうだったんだ。知らなかった。いずみちゃんが言ってたの。恭平さんは本当は好きな人がいるって。今から早く離婚したほうがお互いに傷をつけないで済むってアドバイスされて」

「そんなことを言われてたのか。それは完全にフェイクだな。俺は美佐子しか愛したことがない」

矢が刺さるように直球な言葉だった。

「バレてしまったんだから仕方がない。もう少しで完成するから楽しみにしていてくれ」

「ありがとう、楽しみにしてるね」

疑ってしまったことに申し訳なさを感じた。

恭平さんは、私の瞳をじっと見つめてきた。

「俺は素直に話をしたんだ。だから、今度は美佐子の話を聞かせてほしい」

「うん、そうだね」

私のことを本当に愛してくれているというのが伝わってきたけれど、正直に妊娠のことを告げたらどんな反応が返ってくるのかわからない。

これから夫婦としてスタートしようと思っているのに、突然赤ちゃんがいると言ったら驚きすぎるのではないだろうか。

でもいつまでも隠しておくことではないし、今日はしっかりと伝えるために作られた時間なのかもしれない。

緊張しながら私は口を開いた。

「赤ちゃんが……できたみたい」

「なんだって？」

「恭平さんの赤ちゃんがっ、きゃあ」

まだ話している最中だというのに、私のことを抱きしめてきた。

力強く長い腕の中に包み込まれ幸せな気持ちが体中を駆け巡ってくる。

「俺と美佐子の赤ちゃんがお腹の中にいるんだな」

「そうなんだよ。不思議だよね」

耳の中に入ってくる柔らかい声が幸せな気持ちにしてくれる。

そして、私を抱きしめながらすすり泣く音が聞こえてきた。

「愛している人との間に子供ができたのか。こんなに幸せなことがあっていいのか？」

「うんっ」

ずっと片想いしていると思っていたのに、私たちは結構昔から両想いだったようだ。

その事実を知って体の底から喜びが湧き上がってきた。

恭平さんは私の両方の頬を大きな手のひらで包み込む。

あまりにも熱い視線を向けてくるので、私の全身はとろけてしまいそうだった。

愛する人にこんなに近くで見つめられている。それだけで幸せで時間が止まってしまえばいいと思うほどだった。

彼がゆっくりと顔を近づけてくる。私はそっと瞳を閉じ、唇に柔らかい感触が落ちてくるのを感じていた。

瞼を開けて見つめ合う。

恭平さんは本当に美しい顔をしている。彼の遺伝子を引き継いだ子を産むことができるのだと思うと、幸福感に押しつぶされてしまいそうだ。

「美佐子、愛してる」

甘いセリフだ。

ストレートなのが逆に照れちゃう。

こんな言葉聞いたことがない。

「ありがとう」

「美佐子は？」

何度も聞いてくる。

「言わなくてもわかるでしょ？」

「聞きたい」

「だって、ブログに書いてるもん」

あまりにも恥ずかしいのでごまかそうとしたけれど、彼は絶対に言葉で聞きたそうにしていた。

「わかったよ……一回だけ言うね」

「できれば、何度も何度も言ってほしいが」

耳に届いたいい声に胸がキュンキュンしてしまう。

「恭平さん、愛してるよ」

シーンと静まり返った。

羞恥心に襲われて穴があるなら入ってしまいたい。

「たまらないな。有頂天というのは、こういうときに使う言葉なのかもしれないな」

そしてもう一度甘すぎるキスをされた。

私は体の力が抜けてしまって倒れそうになったところ、恭平さんが腰を支えてくれる。

いつまで夫に悶《もだ》え続けるのだろう。

幸せ。もうなにもいらない。

赤ちゃんを元気に産んで育てて、愛があふれる家族になりたい。

あれから私たちは本当の夫婦になれた気がする。

お互いの気持ちを伝え合うことができ、夕食はなるべく一緒に食べるようにして、一緒にお風呂に入り、同じベッドで眠る。

恭平さんという存在をたっぷり感じることができていた。

そして、ブログに書かれたコメントはただの嫌がらせだと思って忘れることにした。

どんなことがあっても、私たちの夫婦の絆は壊されることがない。

これからは些細《ささい》なことも相談しながらタッグを組んで進んで行こうと決意していた。

◆

一人で勝手にクリニックを決めてしまったので、改めて産婦人科を受診することになった。

予約をしてくれたのは出産をしたい病院で人気ランキングの上位を占めている産婦人科だ。

ホームページで病室内を見てみたら、まるでホテルのような造りである。とてもリラックスできそうな雰囲気だった。

人気がありすぎるので、なかなか受診できないと噂になっているけれど、彼の人脈の多さでここの病院の院長とつながることができ、私は特別に予約を入れてもらうことができたのだ。

申し訳ないけれど、恭平さんが一生懸命連絡をしてくれたおかげ。だから感謝して使わせてもらうことにした。

一緒に通院すると言われたが、何度も断った。

しかし、彼は頷いてくれず。当日になりやはり一緒についてくることになった。

「恭平さんは忙しいんだから、大丈夫だよ」

「はじめての子供なんだ。愛する人の通院を見守りたいと思うのが夫なんじゃないか?」

運転手が運転する車の中でも甘い言葉をかけてくる。全部聞こえているのではないかと思って恥ずかしくて耳が熱くなった。

「ありがとう」

「当たり前だ」

病院に到着して諸々《もろもろ》の受付を済ませた。

担当してくれるのは院長先生。まだ四十代という若さなのにとても人気があって、穏やかな話し方をする男性の医師だった。

撮ってくれたエコー写真を、恭平さんに手渡すと興味津々に見つめている。

「順調に成長されているようですよ」

「ありがとうございます。先生、何卒《なにとぞ》よろしくお願いいたします」

恭平さんは緊張しているのか、めちゃくちゃ改まった挨拶をしていた。

「おまかせください」

ドクターの言葉を聞いて心強いと思った。安心して出産することができそうだ。

診察を終えて受付を待ってる間も、恭平さんは喜びを顔にいっぱい浮かべて、子供の画像を見ている。

「かわいいな」

「うん、そうだね」

こんなに明るい表情を見せてくれて、幸せで胸がいっぱいになった。

会計を済ませると、車で自宅まで送ってくれることになった。

恭平さんは別の車で会社に戻っていくので、運転手が扉を開けて待っていた。すぐに次の予定が詰まっているらしい。

「忙しいのについてきてくれてありがとう。頑張ってね」

「あぁ。このことは安定期に入ったらお知らせしよう。美佐子の両親には早めに伝えておいたほうがいいな」

「うん。タイミングを見て連絡しておくね」

「俺は会社に戻るが必要なものがあれば言ってくれ。すぐに届けるから」

あまりにも過保護だから、私は面白くて笑ってしまう。

すると怪訝《けげん》そうな顔をするのだ。

「なんだ」

「お腹の子供も順調に育っているし、私も元気だから。仕事に集中してね」

「あぁ、ありがとう」

夫が乗った車が見えなくなるまで見送ってから、私は自分の車に乗せてもらった。

夕食の買い物をしたいので、近くのスーパーに寄りたいと伝える。スーパーに到着した私は車から降りた。

「送っていただきありがとうございました。ここから自宅は近いので歩いて帰れます。あとは大丈夫です」

「いえ、社長からちゃんとご自宅まで送り届けるようにと言われておりますので」

「……そうなんですか？」

恭平さんは本当に過保護だ。

「すみません。では急いで購入してきます」

今日は、恭平さんの大好きなカレイの煮付けを作ろう。しっかりと味を染み込ませてふっくらとした美味しいご飯を炊き上げて待っていたい。

急いで買い物して車に戻り、自宅まで送り届けてもらった。

美味しそうにご飯を食べる恭平さんの顔を想像しながら調理をしていると、いずみちゃんからスマートフォンにメッセージが届いた。

『お兄ちゃんとの話し合いはどうなってるの？　一日も早く離婚をしたほうがいいってアドバイスしたよね？』

幸せだった気持ちが一気に凍りついていく。

彼女は身内なので妊娠したことを伝えようと思ったが、躊躇した。

なんとなく嫌な予感がしたからだ、安定期に入ってから伝えたほうがいい。

私と恭平さんは、離婚しないで一生共に歩んでいくということを約束した。どうやって伝えたら、私たちが本当の夫婦になったということを信じてもらえるのだろう。

いずみちゃんなりに心を砕いてくれているから、離婚を勧めてくるのだ。ちゃんと思いが通じ合ったということを伝えて安心させてあげたい。

メッセージのやり取りではなく電話で伝えたほうがいいと思って通話ボタンを押す。すぐにいずみちゃんは電話に出てくれた。

『久しぶり』

「今大丈夫だったかな」

『いいわよ。離婚の日程決まったの？』

「伝えたいことがあって。これからは本物の夫婦として、人生を歩んでいきたいと思っているの。期間限定の結婚ではなく、家族として過ごしていこうと話し合ってね。いずみちゃん、よろしくお願いします」

うまく言葉が選べなくてこんな言い方になってしまった。

十秒ほど無言が続く。

『私の話聞いてた？　どうして自分のいいようにとらえて完結させちゃうかな。意味がわからない』

かなりイラついていて、怒りが込められているように感じた。

「そんなつもりない。恭平さんとちゃんとお互い気持ちを話して、両想いだということを認識したの」

『両想いなんかじゃない！　だからお兄ちゃんには好きな人がいるって言ったでしょ』

「私は恭平さんの言葉を信じることにする」

いずみちゃんは埒が明かないというふうに大きなため息をついて、電話を切ってしまった。

恭平さんに報告しようかとも思ったけれど、大切な妹のことを悪く言われたら嫌な思いをするだろうから、自分の胸の中にしまっておくことにした。

◆

先日恭平さんの両親のお墓に妊娠報告をしに行った。

自分の両親にも早く伝えたほうがいい。そんなことを思いながら、出勤準備している恭平さんを見ていた。彼はこちらを振り返り首を傾げる。

「どうした？」

「赤ちゃんができたこと、親にはやっぱりちゃんと会って伝えたいなと思って」

「たしかにそうだな」

出勤前で忙しいのにしっかりと話を聞いてくれる。

「両親が揃ってるところで話がしたいから、夕方になったら実家に行ってこようかな。

今日は体調がよさそうだから行ってきてもいい？」

「一人で大丈夫か？　帰りは迎えに行くよ」

「そんなに遠くないから大丈夫」

私のことを愛おしいと言った感じで抱きしめてくれる。

「迎えに行くから必ず待っていること」

「わかった。ありがとう」

ハグが終わり、そろそろ送り出さなきゃいけないとネクタイを直した。

下から見つめると彼は耳を赤くする。

「ネクタイ直してもらうって、いいよな」

「そう？　これからも何回もしてあげる」

「ああ、してもらう」

そう言って急に額にキスされた。

「行ってくる」

「行ってらっしゃい」

玄関まで恭平さんを見送ると、私は無理をしない程度に家事に励んだ。洗濯が終わり掃除も終わって、あっという間に時間が過ぎる。

夕方になっても体調がよかったので、私は実家に行って妊娠報告をすることにした。両親には、私が世間に晒されて気苦労も多くかけてきただろう。

報告をすることで喜んでくれたらなと、期待をしながら準備をして家を出た。

実家に到着してインターホンを押すと母が出てきた。突然の私の登場にかなり驚いているようだ。

「近くに寄ったから顔を見て帰ろうかなと思って」

「そう。恭平君のお夕飯の支度は大丈夫なの？」

「外出することを伝えてあるから。終わったら迎えに来てくれるみたい」

その言葉を聞いて安心した表情で眉毛を下げ、母は笑顔で迎え入れてくれた。

ちょうど夕食の支度をしていたようで、お出汁《だし》のしみた煮物の香りが漂ってくる。

「夜ご飯食べて行ってもいい？」

「もちろんよ」

「もし早く終わったら恭平さんも一緒に食べさせてあげて」

「そうしなさい」

久しぶりに母の手料理が食べられると思うとほっこりとする。

「手伝うことある？」

「いつも一生懸命食事の支度をしてるんでしょ？　実家に帰ってきたときくらいゆっくりしたらいいわよ」

「ありがとう」

自分が母親になるのだと思ったら、母親のありがたみを感じる。まだ産まれてきたわけではないけど、実際に自分が親の立場に置かれてわかることもあるのだ。

感謝してもしきれない存在だ。

食事を作っている母の後ろ姿を見つめる。こちらをたまに振り返って笑顔を向けてきた。

「台所にいなくたっていいのよ」

「お母さんの料理している後ろ姿、懐かしいなと思って」

「そう？」

楽しそうに笑って手際よく料理を続けている。

子供の頃は当たり前に出てきた食事だけど、こうやっていつも愛情を込めて作ってくれていたんだ。

「お母さん、ありがとう」

「いきなりどうしたのよ」

娘に急にお礼を言われて驚いている母親だったが、まんざらでもなさそう。

料理ができ上がった頃「ただいま」と元気な声が聞こえてきた。父親が帰宅した。

食事を終えたタイミングで妊娠したことを伝えよう。

(二人はどんな表情をするかな)

台所に入ってきた父が私の姿を見て瞳を輝かせる。

「美佐子、来てたのか?」

「うん!」

「今日は夕食を一緒に食べて行くんですって」

「そうか」

すごく嬉しそうだけれど、喜びを爆発させないように冷静な表情を浮かべている。

父親らしいと思って私はクスクスと笑った。

「恭平君は来るのか?」

「仕事が終わったら迎えに来てくれるって」

「わかった」

父も母も私が世間で騒がれていることを知っている。だけど余計なことは言ってこない。娘の選んだ道を両親は応援してくれているのだ。

「さ、できたから食べましょう」

ダイニングテーブルに料理を運んでいく。

今日の夕食は大根と鶏の手羽先の煮物、焼き魚、ほうれん草の胡麻《ごま》和《あ》え、豆腐と油揚げの味噌汁、それに父が好きな漬物が添えられていた。

和食は、吐き気がする今の私の体にはちょうどいい。

食事をしながら他愛ない話をする。

食べている途中に吐き気が催す懸念があったけど、最後まで食事をすることができた。

「美味しかった！　ごちそうさまでした」

「いっぱい食べてくれてありがとう。恭平君はまだ仕事が終わらないのかしら」

何気なく時計を見ると十九時を回ったところだった。

「いつも結構遅いんだ」

「社長をしているから仕方がないよな。妻として支えてあげなさい」

「うん、そうだね」

食器を片づけた母はおせんべいを持ってきてくれた。あたたかいお茶も一緒に出してくれる。

突然私が来たことに、違和感を覚えているのかもしれない。

私たちは無言でテレビを見ていた。

そろそろ伝えようと口を開く。

「実はねお知らせがあってきたの」

その言葉で二人の視線は私に注がれる。ちょっと緊張したけれど勇気を出して言おう。

「赤ちゃんができました」

「えー！」

母は今までに聞いたことがないような大きな声を出した。

父は黙って頷いている。

両親は喜びが体中に充満しているような、体からあふれてしまいそうなそんな感じだった。

「おめでとう、美佐子」

「ありがとう、お父さん」

「大変なことを乗り越えて、赤ちゃんができるなんて本当に幸せね」

「お母さん、ありがとう」

会社のことを言っているのだろう。

厳密に言うとまだすべて解決したわけではない。

だんだんと世間の評価も上がり、私のブログを見て応援してくれる人も増えた。

だけど、いずみちゃんの意見を信じて批判する人も世の中にまだいるのが現実だ。

子供ができたからと言ってそれをすべて一掃できるわけではない。〝ＤＤ＆Ｍ〟だって、やっとのことでなんとかつなぎ留めているところだ。

「育ててくれたお父さんとお母さんには自分の口で伝えたかったの。世間には安定期になったら発表するつもりだからそれまでは秘密にしといてほしい」

「わかったわよ」

「今は十週に入ったところなの」

「そうか。無事に生まれてくることを毎日祈る」

父がボソッと言ったが、私は嬉しくて頷いた。

「お父さん、ありがとう」

両親にとっては初孫だ。喜びも倍増するに違いない。

ちょうど伝えたところでチャイムが鳴った。インターホンの画面に映し出されたのは恭平さんだ。

母が玄関まで急ぎ足で向かう。

すぐに恭平さんと母が賑やかな声で話をしながら入ってきた。

「お邪魔します」

「恭平君忙しいのによく来てくれたな。明日は休みだろう？　せっかくなら泊まって行きなさい」

「お父さん、そんな急に言われても」

「そうですね。久々にお父さんともゆっくりしたいですし、お言葉に甘えてもいいですか」

恭平さんったら、仕事で忙しいはずなのに、父に付き合ってくれようとしている。

父は上機嫌で母に極上のお酒を持ってくるように伝えていた。

しばらく料理をつまみながら食事をしていたけれど、男二人は縁側に移動した。そしてお酒を酌み交わしながら男同士楽しそうに会話をしている背中を見つめる。

お酒であまりいい思い出がないと話していた恭平さんだけど、私の父と呑むのは楽しそうだ。

私と母はソファーに腰をかけてゆっくりと会話をする。

「お父さん嬉しそうね」

「男の子がいたらなぁって言ってたもんね」

私は一人っ子なのでもし兄弟ができたら男の子も欲しかったと、お酒を呑むと言うことが多かった。

「おばあちゃんになるのね。すごく不思議な気分だわ」

「私も母親になるなんて信じられない。でも楽しみだな……。大好きな人の子供を産めるって幸せなことだよね」

しみじみ言うと母は隣でにっこりと笑った。

「美佐子は本当に子供の頃から恭平君のことが大好きだったから。こんな幸せな未来が待っていると子供の頃の美佐子に聞かせてあげたいわ」

「私もだよ」

期間限定結婚を持ちかけられたときは、金槌で頭を打たれたかのような衝撃が走ったけれど、蓋を開けてみればかなり昔から両想いだったのだ。

私たちが夫婦としてやっていけるのか、与えられた試練なのかもしれない。それを乗り越えて今妊娠という幸せをつかみ取ることができた。

でもいずみちゃんがどんな対応をするだろう。

彼女は私たちが偽装結婚するという話を聞いていたから、本当に愛する二人になったと伝えても納得できていないようだった。

私じゃなくてもっと素敵な人と結婚してほしいとも言っていたし、嫌われているのかもしれない。血がつながっていなくても、恭平さんの大切な妹なのだから、仲よくなりたいけど……。

すごく難しい問題がまだ解決していなくて重たい気持ちになる。

「会社は大丈夫なの？」

ほとんどその話を聞いてこなかった母が聞いてくる。

「気を抜いたらなにがあるかわからないから、恭平さんはすごく大変だと思う。それを支えていくのが私の役目だと思っていてね」

「そうよね」

でも母には、平気なふりをして笑顔を浮かべた。

「大丈夫。恭平さんと一緒ならどんなことも乗り越えていくって結婚するときに決めたの」

「美佐子も立派な大人だし、これから母親になるんだから大丈夫だとお母さんも信じることにするからね」

私の心に抱えている不安も母にはお見通しなのかもしれない。

手をぎゅっと握ってもらうと、あたたかさが伝わってきて心の底から安堵した。

◆

最近は体調に波があり、元気な日もあればすごく具合悪くて立っていられない日もある。

外で食事をする元気がないので、家でゆっくりする日が多かった。

仕事が終わった恭平さんが早く帰ってきた。

私はほとんど夕食を食べることができなかったけれど、体調はよかったので食事の準備をすることができた。

残さず食べてくれた恭平さんと私はテラスに出て夜風にあたりながらのんびり過ごすことにした。

九月も中旬を迎えているけれど、今日は日中気温が高かったので夜の風はちょうどのだ。

東京に住み慣れているのに、この景色を見ると綺麗だなとうっとりしてしまう

「心地いい」

「寒くないか？」

いい。

小さな光が揺れていて光の海を見ているみたいだった。

以前、お土産にもらった沖縄の琉球《りゅうきゅう》ガラスの器にハーブティーを注ぎ、ゆっくりと二人並んで腰かけていた。

幅の広めのソファーなので体がすごく楽だ。

「時間があるとき、結婚式のプランを勝手に想像しているんだけど、楽しくて仕方がないんだ。仕事を辞めて時間が経っているのにいまだに空想してしまう癖があるの」

「そんなにキラキラしている表情を見ていたら、仕事に復活させてあげたくなる」

「私は仕事が大好きだったからね」

まるでこの生活がつまらないとでも捉えられたら嫌なので、言葉をつけ加える。

「今の生活もとても幸せだよ。好きな人と結婚して愛する人の子供をお腹の中で育てているなんて最高すぎる」

「それはよかった」

安心したように言った彼はポケットの中から小さな箱を取り出した。

「結婚してくれてありがとう」

「こちらこそ」

「美佐子のために作った指輪だ。見てほしい」

私は頷いた。

彼は小さな箱の蓋をパカッと開ける。

するとキラキラと輝いていて、周囲がぐるりとダイヤモンドに囲まれているという豪華な作りのリングがあった。中心部分にはピンクダイヤモンドもはめられている。

「このピンクのダイヤモンドが美佐子で、周りが俺の愛情だ。どんなことがあっても俺は美佐子のことを守り抜いていくという約束も込められている」

恭平さんってすごくロマンチストだ。

ブライダル会社を経営しているだけある。いや、彼は元々そういう素敵なところがあった。

私が幼い頃、一緒に世界地図を見ながら行ったことのない国の話をして、いつか行ってみたいねと話してくれたことがあった。まだ子供すぎてそんな未来は想像できないはずなのに、彼の話を聞いていると世界が広がっていくような感じがした。

そういうところにも魅力を感じて好きになっていったのかもしれない。

「こんなに素敵なプレゼント本当にありがとう」

「いつも新鮮に喜んでくれるから俺も嬉しいんだ」

「感動してる」

私のことを思って作ってくれたということに感動する。

恩返しをしたい。彼が喜んでくれることがしたい。

私ばかり喜ぶことをしてもらっている。なにかしたいと考えていて閃《ひらめ》いた。

「もう一回、結婚式しない？」

「結婚式？」

驚いた声だった。

「うん。何度も愛を誓う場所があるって素敵だなと思うの」

「なるほど」

「今度は私がプロデュースして、二人きりの結婚式をしたいんだけど、どうかな？」

「二人きりの結婚式っていいな」

「様々な事情で二人きりでしか結婚式を挙げられない人もいると思う。だから私が考えたプランがいいなと思ったら商品化も検討してみて」

「もちろんだ」

私たちは結婚式をもうすでに挙げているけれど、両想いになったので、もう一度愛を誓いたい。

私はブライダルプランナーだったから、企画をして最高の愛情を彼に伝えたいと思ったのだ。

もちろん普段の行動、一つ一つから愛を伝えることはできるけど、思いが通じ合ったのだから、特別な時間を共有したい。

私たちの結婚式が成功したなら、その幸せな空間をたくさんの人に提供したい。

「わかった。楽しみにしている」

新たな思い出が増えると思って、笑みがこぼれた。

「お腹に負担にならない程度に考えてくれよ」

「もちろんだよ」

◆

九月二十四日

＝＝＝＝＝＝＝＝＝＝

タイトル『指輪』

こんにちは。

いつもブログを読んでいただきありがとうございます。

先日主人がサプライズプレゼントをしてくれました。

私をイメージして作ってくれた指輪の贈り物をしてくれたのです。

あまりにも素敵なデザインなので、涙してしまいました。

特に嬉しかったのは、私のことを思って考えてくれていた時間。

私の喜ぶ笑顔を想像しながらデザインを相談したと話してくれました。

こんなにやさしい夫と結婚することができて私は心から幸せです。

＝＝＝＝＝＝＝＝＝＝

ブログを更新するとたくさんのコメントが寄せられた。

私と恭平さんの偽装結婚という話はもう世間から消えかかっている。

このまま幸せな日々が続いていけばいいと願うばかりだ。

◆

夕食を終えて食器を洗った。

ブログを更新するため、リビングのテーブルにあるノートパソコンを開く。

いくつかメッセージが届いていて嫌な予感がしながらクリックした。

『幸せそうな顔してますけど、あなたの夫は嘘をついています。浮気されているのに、なぜそんなに平気そうな顔していられるのですか?』

冷たい文章だった。

忘れた頃にまた同じようなメッセージが届きはじめていた。

『いつまでもその幸せが続くと思っていたら大間違いですよ』

『あなたの夫を解放してあげてください』

『離婚をしないならこちらも動き出す準備ができています』

無視したい気持ちだったが、ここ最近は連続でこんなメッセージが届いている。

これはただのイタズラではないのかもしれない。

そのメッセージをじっと見つめていた。

私のことをあんなに大切にしてくれる恭平さんが浮気をしているはずなんてない。

どんなことがあっても恭平さんのことを信じると決めていたけれど、どうしても心が揺らいでしまう。

バスルームから恭平さんが戻ってくる気配を感じたので、私は慌ててパソコンの画面を閉じた。

「おかえり」

「……あぁ」

頭を拭きながら不思議そうな表情を向けてくる。

私は何事もなかったかのように振る舞うことにした。

「お茶でも淹れるね」

立ち上がろうとすると腕をつかまれる。そして見透かされるような瞳を向けてくるのだ。

「なにかあったんじゃないのか?」

「なにもないよ」

「隠し事はしないで話してほしいと言ったはずだ」

私の様子がおかしいことに気づいてしまったらしく、真剣に質問される。どうして私のことはすべてお見通しなのだろう。

隠しておくのが悪い気がして、私は心を落ち着けてから話そうと決めた。

「まずはお茶を飲みながら話そう」

「わかった」

冷たいお茶を用意してダイニングテーブルに向かい合って座る。

「実は恭平さんが浮気をしているっていうメッセージがかなり前から届いていて……」

「なんだ、それ。悪質だな」

いたって冷静な口調で返事をしてくる。

「その頃にジュエリーデザイナーさんと歩いていたから、本気にしてしまったというのもあるんだけど」

「そうだったのか」

納得してくれたようだ。

「でもなにかのイタズラだと思ってあまり気にしないようにしてたんだけど……また今日メッセージが届いたの」

私はノートパソコンをテーブルに置いて管理画面を開いた。

そしてメッセージの内容を見せる。

恭平さんの顔はみるみるうちに歪《ゆが》んだ。

「名前にこの人のブログへのリンクが貼ってあるから押してみるね」

美容に興味があるブログが開かれたがあまり更新されていないようだ。

「この人のこと知ってる？」

「まったく思い当たらない。情報も載ってないし」

「やっぱり嫌がらせで送ってきてるんだよね。あまり考えないようにしよう」

恭平さんは腕を組んで考えているようだ。仕事が忙しくて大変なのにまた負担をかけるようなことをしてしまった。

「私は大丈夫だから。こういうのは放っておくのが一番だって言うじゃない？」

「誰がこんなことをしたのか突き止めたい。あまりにもひどいじゃないか」

「そうだけど……」

「雨宮はこういう類に詳しいんだ。彼女に協力をお願いしてみたいと思う」

私にはよくわからない。

アクセス解析などをして、もしかしたら誰がやったのかわかるのだろうか。

「誹謗《ひぼう》中傷にも当たるから、然るべきところに解析を依頼するということも考えてみる」

「……うん」

雨宮さんは私たちが本物の夫婦になったことを報告するととても喜んでくれたから、信用できる。

犯人を知りたいような知りたくないような。

複雑な感情に陥っていたけれど、こうして誹謗中傷することは絶対にしてはいけないことだ。

「この女性が誰だか思い当たらない。もしかしたら、男性かもしれないし。俺たちの会社を陥れようとしている人がなりすましている可能性だってある」

「そうだよね」

あまり触れたくない部分ではあったけれど、会社のためにも、私は恭平さんのやろうとしていることに口出しをしないと決めた。

すべてを話し終えると、私は安堵した気持ちになる。

ずっと一人で抱えていたから不安で仕方がなかったというのもあるかもしれない。

そんな私の様子に気がついたのか、彼はやさしい表情を浮かべてこちらに近づいてきた。そして、後ろからそっと抱きしめてくれる。

「ずっと一人で抱え込んでたんだな」

「なかなか言い出せなくてごめんね」

気にしないようにしていたけれど、やっぱり気になって仕方がなかった。

浮気なんてしていないと信じていたけれど……。怖かった。

世間に私たちの結婚が嘘だと広まってしまってから、批判的な意見も多かった。

だから慣れているはずなのに、やっぱり言葉はナイフにもなるし人を傷つけるのだ。

「美佐子、絶対にこれからも俺が守り続ける」

「ありがとう。ずっと言えなくてごめんね」

「謝ることはない。美佐子はやさしいから言い出せなかったんだっていうのもわかるし」

「ありがとう……」

辛いことがあっても愛する人が守ってくれる。こんな安心感があるなんて私はとても幸せだ。

◆

それから雨宮さんにアクセス解析をお願いし、二週間後。

詳しく説明したいから会社に来てほしいと言われたのだ。

久しぶりに私は会社に出向いた。

「え、美佐子さん？」

「わぁ、久しぶり本社で働いてるの？」

誰かと思えば、一緒に働いていた後輩だ。

「いえ、たまたま本社に書類を届けに来ていたんです」

「そうだったんだ！」

私はブログに書かれた悪質なメッセージの解析に来たなんて言うことができず、笑顔を浮かべていた。

「久しぶりですね。元気にしていますか？　いろいろ大変そうですけど……大丈夫ですか？」

「ありがとう。元気に過ごしてるよ」

「ブログ見てますよ。いろいろと言ってくる人もいると思いますけど、気にしないで頑張ってくださいね。社長と美佐子さんが愛し合って夫婦になったと私にはすごく伝わってきて」

目をキラキラさせながら言ってくれる。

「励みになるよ。体に気をつけて仕事頑張ってね」

「はーい！　では」

彼女は元気いっぱいの足取りでその場を去って行った。

はじめの頃、私の気持ちを素直に書いていたけれど、夫婦関係が良好だと嘘をついていた。作り話だったのだ。今はすべて事実を書いているので、それだけでも私にとって幸福なことだった。

社長室に行くと、中に通された。

奥田さんが席を外し恭平さんと二人きりになる。

「体調は悪くないか？」

「大丈夫」

射貫くような視線を投げかけられ、ここが会社だというのに頬が熱を帯びる。

ゆっくりと近づいてきて長い腕で抱きしめられる。

「恭平さん……ここは会社だよ」

「わかってるけれど、美佐子が目の前にいると抱きしめたくて我慢できなくなる」

そんな甘いセリフを言われて、頬が熱くなった。

「これからいろいろ結果がわかると思うけれど、あまり肩を落とさないようにしよう」

「そうだね」

私たちは手を握り合って誓う。

「じゃあ、行こうか」

「うん……」

情報管理ネットワーク室に向かう。

緊張で喉がカラカラで唇もカサカサしてしまった。

「お疲れ様」

廊下を歩く間、社員に話しかける恭平さん。

社員は話しかけられると嬉しそうに笑みを浮かべてくる。

「頑張っているようだな」

「ありがとうございます！」

一緒に働いていた頃よりも、さらに貫禄《かんろく》がついた感じがした。若い社長なのに、社員から信頼も厚いという感じがする。

社員が去っていくと恭平さんは私にそっと話しかけてきてくれた。

「俺はまだ若い社長だ。だから気軽に話しかけてもらえるような、そんな社長になりたいと思ってる。俺が結婚のことでメディアに晒されたとき、応援してくれる社員がいっぱいいて嬉しかった」

「そうだったんだね」

「彼らのためにも会社をもっと安定させたい」

「私も同じ気持ち」

凛《りん》としている姿を見て私はまた惚《ほ》れ直す。

到着してカードをかざして中に入ると、いくつものコンピューターが置かれていた。

その中の一つの前に雨宮さんが座っている。

私と一緒に働いていたときは、ブライダルプランナーとして働いていたので、このような裏方の仕事をしているというイメージがあまり思いつかなかった。

「よく来てくれたわね」

「忙しいのに頼んでしまってすみません」

「いろいろ調べてくれてありがとう」

私に続いて恭平さんがお礼をした。

「二人が幸せになるならと思って頑張ったわよ」

周りには数名の社員がいたので、別室に移動し結果をお知らせしてくれることになった。

ガラスで仕切られているけど、防音になっていて外には声が聞こえない個室だった。

「個人を特定するというのはかなり難しいことだったけど……私なりに画像など検証してみたのね。そしたらこれ見つけたの」

小瓶の写真がテーブルに置かれた。とてもかわいらしいけれど、どこにでも売っていそうだ。

「この小瓶がどこで売られているものか情報を探ってみたんだけど、オリジナルで作られたものだとわかったわ」

「まるで探偵みたいだな」

「そうでしょ？」

雨宮さんは自慢げに言ってニコッと笑った。

「それでこの小瓶の画像でネット検索をしてみたのね。そしたら有力な情報が出てきたの」

話を聞いていて、ここから犯人がわかるのだと唾液を飲み込んだ。

もし知っている人だったらどうしようとか、全然知らない人でも会社を陥れようとしてる人なのかとか。

ほんの一瞬でいろんなことが頭の中を駆け巡り不安が押し寄せてくる。

そっと隣に座っている恭平さんを見ると、彼はすべてを受け止めるというような表情をして雨宮さんのことをまっすぐに見つめていた。

なにがあっても彼を支えていく。それは自分の中で決めたことだ。

これが社長夫人になるという覚悟。私はしっかりと受け止めようと決意し雨宮さんを見つめた。

雨宮さんは、私と恭平さんの気持ちが定まったことに気づいたのか、一つ頷いた。

「あるSNSにこんな画像とコメントが載せられていたの」

『世界に一つだけの香水瓶を作ってもらいました！　めちゃくちゃかわいくてテンションが上がります！』

小瓶を持って満面のスマイルを浮かべているいずみちゃんだった。

「いずみか……」

「そうだったの。誰かになりすましてブログを作って脅しを送っていたんじゃないかなって思う」

私と恭平さんを別れさせたいと必死になっていたのだろう。

そもそも大変なことに巻き込まれたのは、いずみちゃんが私と恭平さんのことを偽装結婚だとメディアにバラしたのがきっかけだった。

だから彼女が今回の事件に関わっていると言われてみれば納得ができるけど、なぜそこまでして別れてほしかったのだろうか。

「小瓶がこのような形で掲載されているから犯人だとは断定できないけれど、でも限りなく近いんじゃないかな」

「どうして小さい頃からかわいがってきたのにこんなことをするのだろう」

理解できないと言った表情を浮かべて恭平さんは困惑している。

「目的が本当にわからないんだ。こんなことして誰が喜ぶと思う？」

珍しく怒りをあらわにしている。

「たしかにね……」

雨宮さんは腕を組んで頭を捻った。

「小さい頃からお兄ちゃん子だったもんね。嫉妬してたのかな」

「それでもやっていいことと悪いことがあるだろう。俺はショックだ。両親が亡くなってからずっと大切な妹として育ててきたからな」

恭平さんの気持ちを思うと切なくなってくる。

大事に大事に育てていた花壇を土足で踏みにじられたような、そんなショックがあるかもしれない。

「たしかめるために話を聞いてみる」

恭平さんが言った。

「本人かどうかっていうのは百パーセントではないけれど、それでもこの証拠があれば吐くかもしれないわね」

「あぁ。雨宮、協力してくれてありがとうな」

「どういたしまして。今度美味しい焼肉でもおごってください」

にっこり笑っている。

それで場の空気が少し柔らかくなったけれど、恭平さんの怒りは収まっていないようだった。

◆

私たち夫婦は、なにが一番いい道なのか話し合った。

その結果、いずみちゃんに家に来てもらい事実確認をした上で、妊娠を伝えようということになったのだ。

ところがなかなかタイミングが合わない。彼女は売れっ子のモデルでスケジュールが詰まっている。

恭平さんも大手企業の代表として世界中を飛び回る日々。対面して対話をするというのが難しい。

忙しい彼女がわざわざ私に直接会ってくれたこともあったし、メッセージを送ってきてくれたこともあった。

だから逆にそれほど強い思いを込めて、私に離婚を迫っていたのだと今となっては理解ができる。

そうこうしているうちに時間が流れてしまって、私のお腹は少しずつ大きくなっていた。そして安定期を迎えた。

まだゆったりした服を着ていれば妊娠しているということには気がつかれないが、

もうそろそろ公表しなければいけない。

会社の社長として知らせておかなければならない人もいる。

一方で私は二人きりで結婚式をするために、体調を見ながら計画を立ててきた。

ちょうどクリスマス頃にやろうと思う。

うちの会社が持っている軽井沢のリゾート婚ができる場所。冬になるとどうしても気温が下がるからということで人気がなくなっていた。そこを利用しようと思っていたのだ。

恭平さんにお願いをして、〝ＤＤ＆Ｍ〟に妊婦でも着られるウエディングドレスの発注もお願いしてある。

私なりの希望を伝えてデザイナーさんに作ってもらった。

近所を散歩して家に戻ってくると、スマホにメッセージが届く。ウエディングドレスのイメージイラストが添付されていた。

「わぁ！　素敵」

白をベースにしているけれど、冬の結婚式ということで雪の結晶をチュール部分に縫いつけてほしいと要望を出しておいたのだ。

まさかこんなに素敵に仕上げてもらえるなんて。プロのデザイナーはすごいなと感動していた。

これを見ていると、私はブライダルプランナーとしての血が騒ぐ。

早速パソコンを開いて企画書を作っていった。

この仕事ってやっぱり楽しい。考えているだけでワクワクしてくる。

そう思って幸せな気持ちに包まれていたが、いずみちゃんと連絡が取れないことを思い出して気持ちが重くなる。

いずみちゃんは家族なのだから、公表するよりも先に伝えたい。

でも私が妊娠しているということを知ったら、いずみちゃんはどんな感情をむき出しにしてくるのだろうか。あの恐ろしいメッセージを送りつけてきた本人だとしたら……。

まだ確定はしていないから信じたくない気持ちも強かった。

義理の妹なのに恐ろしさが体中を支配していく。こんなこと思いたくないし、こんな感情を抱くのはいけないことだ。

いずみちゃんは、テレビに私たちの偽装結婚を暴露し、会社を陥れるというひどいことをした人だけど、恭平さんの大切な妹なのだ。

だから、穏やかな感情でこれからも交流を重ねていけたらいいなと私は思っていた。

その日の夜、恭平さんが帰ってきて夕食を一緒に済ませ、まったりとした時間になった。この夫婦でゆっくりする時間が私は大好きだ。

だんだんと大きくなっていくお腹を恭平さんはやさしくなでる。

「元気で生まれてくるんだぞ」

お腹に毎日毎日話しかけてくれるのだ。彼は絶対にいい父親になりそう。

想像すると幸せだけど、いずみちゃんのことが頭をよぎってまた気持ちが暗くなる。

あまり感情を表情に出さないようにしようとしているのに、恭平さんにはすぐに気がつかれてしまう。

「大丈夫か？」

「大丈夫だよ」

「いずみとは連絡がつかないんだがそろそろ世間に公表しなければいけないと思っている」

「そうだよね……」

「明日あたりからクライアントや取引先に伝えていくつもりだ」

「うん」

不安ではあるけれど、私たちの愛が強ければどんな壁も乗り越えていけると信じている。

私は隣に座る恭平さんの手をぎゅっと握った。私の握った手から感情が伝わっているようで彼も握り返してくれる。

「明後日にブログを更新してもらえないか？」

恭平さんのお願いは受け入れるつもりだ。私は抵抗することなく頷いた。

「子供ができて安定期に入ったからお知らせしたということで書いてほしい」

「そうするね」

「ほとんどの人が俺たちのことを応援してくれるに違いない。ただ一部のいずみを信じている人たちがどんなひどいことを言ってくるかわからない。だけど屈せずに頑張っていこうな」

「恭平さんが一緒なら大丈夫。それに私たちはもう二人じゃない。お腹の中にいる赤ちゃんも味方になってくれるよ」

「そうだな」

私たちは認識合わせをして、また夫婦として心を一つに合わせて頑張ることを誓ったのだった。

第六章

十月二十二日
＝＝＝＝＝＝＝＝＝＝＝
タイトル『大事なお知らせ』

こんにちは。

いつもブログを読んでいただきありがとうございます。

大切な報告があります。

このたび私たち夫婦は、赤ちゃんを授かることができました。

安定期に入るまで公表せずに申し訳ありません。

無事にお腹の赤ちゃんは成長しすくすくと育っております。

私たち夫婦のもとに来てくれたことが嬉しくて、日々母親になるのだと考えながら過ごしています。

辛いときも苦しいときも応援してくださる皆さんがいたから、私たちは乗り越えてくることができました。

まずは赤ちゃんが元気にこの世の中で誕生することを願って、私は適度な運動と栄養バランスの取れた食事をし、母親になる準備をしていこうと思っています。

ブログを読んでくださる皆さんの応援があったからだと心から感謝しております。

＝＝＝＝＝＝＝＝＝

二人の連名の直筆画像もアップした。

このブログを読んだいずみちゃんが反応してくるかもしれない。どんなことがあっても乗り越えると約束しているから大丈夫。

そうやって自分に言い聞かせてお腹をなでた。

でも正直言えば怖い気持ちもある。

幼い頃からいずみちゃんは私のことを見ると嫌な表情を向けてきた。

気に障ることをしてしまったかと考えたこともあるが思いつかないまま、今日まで時間が経った。

いずみちゃんのことを考えているとスマホに着信が入った。

相手はいずみちゃんからだ。無視するわけにもいかず私は通話ボタンを押す。

「もしもし」

『ブログ読んだんだけどどういうこと』

今アップしたばかりのブログなのにすぐに反応があった。それだけいつもチェックしているという証拠なのかもしれない。

「本当はいずみちゃんには会ってちゃんと伝えたかったんだけど」

『勝手なことしないで！　離婚するって言ったじゃない』

「するとは言ってない」

かなりイライラした様子が電話越しに伝わってくる。

「一度会ってお話がしたいの」

恭平さんからも何度も連絡が入っているはずだ。それなのになぜか避けてきたのは彼女である。

ただ単に忙しいのかと思っていたけれど、今の様子を見てまったく会えないというわけではないだろう。

『会ってなにを話したいと言うの』

電話では言えない。

「妊娠の報告もちゃんとしたいし」

『わかったわ。今日はたまたま休みだから夜にお邪魔するわ』

「待って」

恭平さんの都合も聞かなければわからないと言おうとしたのに、いずみちゃんは一方的に電話を切ってしまった。

「……どうしよう。まずは恭平さんに知らせなきゃ」

私はすぐに恭平さんに連絡を入れる。仕事中で忙しいだろうけど、緊急事態なので電話をした。

『どうしたんだ？　体調でも悪いか』

「違うの。ブログに妊娠したことを書いたらすぐにいずみちゃんから連絡が来て、今夜急遽《きゅうきょ》家に来るって」

『相変わらず勝手だな……。わかった。美佐子に危害を加《くわ》えられたら困る。予定をなんとかずらして帰宅することにするから』

「ありがとう……ごめんね」

『謝ることはない。なるべく早く帰るから待っていてくれ。寿司《すし》でも出前を取っておいてほしい』

「うん、わかった。気をつけて帰ってきてね」

電話を切って、家に来てくれている家政婦さんに視線を送る。

妊娠したのであまり無理して動かないでほしいという恭平さんの願いがあって、週に二回ほど家政婦さんに来てもらっているのだ。

「終わりました。続いてバスルームの掃除をしてきます」

「よろしくお願いします」

どんな夜になるのだろうかと緊張しながら、寿司屋にスマホで出前の注文予約を入れる。

家政婦さんが帰ってしばらくして恭平さんが帰宅した。

「おかえりなさい」

「ただいま」

恭平さんは、手洗いとうがいを済ませてリビングルームに入った。

お寿司はすでに届いていて、テーブルにセッティングされている。

「いずみはまだ来ていないんだな」

「うん。何時頃に来るとは言ってなかったの」

先ほどから心臓が嫌な鼓動を打っている。

「いずみには、自分のしてしまったことをしっかり理解してほしいと思っている」

恭平さんは真剣な表情を浮かべた。

私も覚悟を決めて頷くとチャイムが鳴った。

コンシェルジュが来客を伝えてくれる。家に通すように恭平さんが言った。

すぐに家の前まで到着してふたたびチャイムが鳴る。恭平さんと私は目を合わせて深呼吸してからドアを開いた。

「お兄ちゃん久しぶり！」

いつものように明るい口調で言って、入ってくる。

「驚いちゃったよ。まさか子作りまでしてるなんて思ってもいなかったから」

私のお腹に視線を動かして、手を伸ばしてきた。

「妊娠してるなんて信じられなかったけど、お腹に触れたらここに赤ちゃんがいるんだなって実感しちゃうね」

「う、うん……」

あえて元気いっぱいなふりをしているような気がした。

「へぇ。本当に母親になるんだね？」

「そうだよ」

恐怖心に襲われていたけど、私は自信満々に答える。

「へぇー」

なにか言いたそうだ。言葉を押し殺しているようにも感じる。

テーブルに並べられているお寿司を見てにっこりと笑った。

「美味しそう！　お祝いだね」

「どうぞ座って」

「ありがとう」

恭平さんは、苛立《いらだ》ちをなんとか抑え込んでいるような表情をしている。

私と恭平さんは並んで座っていずみちゃんが恭平さんの前に座った。

「普段は、炭水化物を我慢しているから食べないんだけど。すごくお腹空いちゃった」

はじめから険悪なムードで話をしてはいけない。

私はなるべく笑顔を作ろうとしたけれど、どうしても引きつってしまう。

恭平さんは不思議なくらいに無言で食べていた。

ある程度食べ終えるといずみちゃんが話を進めてくる。

「偽装結婚だったのに妊娠なんて。そこまでやる?」

笑顔だったけど少しだけ意地悪な言い方だった。

「お互いに実は過去から惹《ひ》かれ合っていたんだ」

「はぁ? めっちゃ笑える」

いずみちゃんは馬鹿にしたような表情でこちらを見ている。箸をそっとおくと、ものすごい強い視線で睨みつけてきた。

「なんであなたたちだけ幸せにならないといけないの?」

お腹の底から憎しみを込めたような低い声で言われた。

「逆に質問する。いずみは、なぜそんなに俺たちのことを憎んでいるんだ」

「そんな言い方しないでよ。まるで私が悪いことをしたみたいじゃない」

お兄ちゃんに怒られて悲しんでいる妹というような表情をする。モデルをしているだけあってコロコロと態度を変えるのが上手だった。

恭平さんは核心に迫ろうとしているのか、一呼吸置いた。私も隣で息を吸い込む。

「ブログに悪質なメッセージを送ってきたのはいずみだろう」

「……っ」

先ほどまで勢いがあったのに急に大人しくなった。この反応を見て、いずみちゃんが犯人だったのかと落胆する気持ちになる。

どこかで身内は味方でいてほしいと思っていた。

「なんのことか私にはさっぱりわからない！」

いずみちゃんは、知らないと言い続けるつもりなのだろう。しかし、恭平さんは目をそらすことなくまっすぐ見つめて訴えかける。

「お兄ちゃんどうしたの？　仕事のしすぎで疲れてるんじゃない」

恭平さんは立ち上がった。

証拠となるメッセージが送られてきた画面を印刷してあったのだ。それを持ってきた。一緒にノートパソコンも持ってくる。

そして紙をいずみちゃんの目の前に差し出す。

『あなたの夫、浮気していますよ』

『幸せそうな顔してますけど、あなたの夫は嘘をついています。浮気されているのに、なぜそんなに平気そうな顔していられるのですか？』

『いつまでもその幸せが続くと思っていたら大間違いですよ』

『あなたの夫を解放してあげてください』

『離婚をしないならこちらも動き出す準備ができています』

今読んででも吐き気がしてくるぐらい嫌な言葉が並んでいた。

「これらは、いずみが送ってきたメッセージで間違いないな?」

いずみちゃんが鼻で笑いながら腕を組んだ。

「証拠はあるの?」

パソコンの画面をクリックして、名前のリンク先に飛んだ。美しい女性が美容関連のことを書いているブログになっている。

その画面を見ていずみちゃんは呆れた表情をした。

「チラッと見た限りだとこのブログには顔が写っていないじゃない。それなのにどうして私だって決めつけるの」

いずみちゃんは、よほど自信があるのか腕を組んで流し目で見ている。

「嘘をつくのもいい加減にしろ」

「お兄ちゃん、怖いよ」

絶対に自分が犯人ではないと言い張ってる感じだ。バレないと自信があるのだろう。

「だから証拠を出してって言ったじゃない。こんな文字だけだったら私がやったなんて立証できないでしょ」

「証拠は世界に一つだけの香水を入れる瓶だ」

その言葉を言うといずみちゃんから笑顔が消えた。

香水の瓶が写っている画像と、ブログに掲載された香水の瓶の写真を見せた。

「これはいずみが作ってもらった香水の瓶だよな。世界にたった一つしかないというエビデンスも取れている」

いずみちゃんは、うつむいてなにも言わなくなってしまった。

「どうして偽装結婚だということを世間に言ったんだ？　そしてなんで俺たちを脅すようなことをメッセージで送ってきたんだ？　いくら考えても理解ができない」

血はつながっていないけれど、ずっと小さい頃から妹のことをかわいがってきた。

だからこうして責め立てるのは苦しいだろうし、理由もわからなくて恭平さん自体も困惑しているのだろう。

私はその気持ちが伝わってきて胸が痛くなる。

「お兄ちゃんのことが……ずっと好きだった」

絞り出すように言った言葉に恭平さんは目を見開いた。

「お兄ちゃんとしてでなく、男の人としてずっとずっと好きだった」

いずみちゃんの本当の心を知って、私は驚きと共に苦しくなってくる。

「ずっと美佐子ちゃんのことをかわいがっていて、お兄ちゃんも美佐子ちゃんのことが好きだってこと、一番近くにいるからわかってたよ。それなのにちゃんと告白しないで期間限定の結婚なんて言ってなんだか許せなかった」

恭平さんは複雑そうな顔をした。恋愛感情と言われ心の整理ができないのだろう。

「……そうだったのか。お兄ちゃんは絶対に美佐子を手に入れたくて、こんな方法をとって美佐子を傷つけてしまった」

そのことについては充分に謝ってくれているし、今はたっぷりと愛情をかけてくれているから反省の言葉なんてもういい。

「私がメディアに暴露すれば、二人は簡単に離婚すると思ってた」

心にしまっていた言葉を吐き出すように伝えてくる。

「だって美佐子ちゃんはお兄ちゃんの気持ちを知らないで期間限定の結婚だと思っていただろうから、ちょっとつっついてやれば簡単に崩れると思っていたのに。ますます二人の絆は強くなるの。しかも本当に愛し合ってるっていう感じが伝わってきて。だから私は行動に移すことにした」

恐ろしい形相で暴露を続けていく。いずみちゃんの言葉に私は彼女の気持ちを受け止めようと真剣に耳を傾けていた。

「美佐子ちゃんになんとか離婚を迫ろうと思ったんだけど、絆がだんだん強まっていることが悔しくて仕方がなかった。だからこそなんとか離婚させてやろうと思ったのよ。離婚がスムーズにできるようにいろいろと仕掛けた。お兄ちゃんに好きな人がいるって言って、今別れたほうが傷が浅いよとか吹き込んだ。理由をつけて別れさせようとしてた。美佐子ちゃんがお兄ちゃんのこと好きだと言い出したから、それは自分の気持ちを押しつけてるだけだよとか、いろいろ試したのに。しまいには本物の夫婦として人生を歩んでいきたいみたいな。本当に許せなかった」

ここまで一気に話してこちらを睨みつけてきた。

「いつしか私のお兄ちゃんに対する愛情は憎しみに変わって、破滅させてやりたいと思ったのよ。二人が偽装結婚だということが世間に知れ渡り、そして離婚が成立すれば会社がダメになる。そのタイミングで私が取締役社長として就任して会社を立て直そうっていう目論見《もくろみ》があった。モデルの私がブライダルやるなんてすごく理想的だと思ったの」

そんなことを考えていたのだと知って私は驚きでなにも言えなかった。

恭平さんはいずみちゃんのことを妹としてかわいがっていたことは間違いない。

ご両親が亡くなったとき、学生だったいずみちゃんを一人にしておけないと日本に戻ってきたのだ。彼の気持ちをいずみちゃんは理解していないのだろう。

「一応、お兄ちゃんには恩があるから発言撤回したけど、ぜーんぶ壊してやりたかった。でも全部失敗なのね」

沈黙が流れた。

「いずみ、俺はお前のことを本当の妹だと思っていた。家族として心から大事だった。その気持ちが伝わっていなかったことが残念でならない」

冷静に話す恭平さんの言葉にいずみちゃんは顔を歪めた。

「いずみはモデルとして仕事を頑張っていた。うちの会社もしっかりと立て直して、いずみをモデルとして起用するのが俺の夢だったんだ。その夢がもう叶うことはないだろう」

鋭いナイフで切り裂くような声だった。

いずみちゃんは今にも泣きそうな表情を浮かべた。そんな彼女の姿を見て私は胸が痛くなる。

「もういい」

いずみちゃんは投げ捨てるように言ってバッグを手に持つ。

「いずみのしたことを俺は一生忘れない」

恐ろしく低い声だった。いずみちゃんは唇を震わせて泣き出す。止めようとしたが恭平さんが制した。

「……っ」

いずみちゃんは、部屋から出て行った。追いかけようとする私を恭平さんが抱きしめた。

「いいんだ」

「でも……っ」

「これくらいしないとわからないんだ」

「……っ」

胸が張り裂けそうだった。

いずみちゃんも恭平さんも辛いだろう。私にできることはないのだろうか。

「体調は大丈夫か？」

「私は大丈夫。恭平さん……」

大切にしてきた妹をこのような形で切ってしまったこと。

どんなに心憂《こころう》いことなのか、想像すると身がちぎれてしまいそうなほど痛かった。

だからどんな言葉をかけていいのかわからない。

「いずみが自らの過ちに気がついてくれたらいいのだが、これ以上好きなようにはさせられない」

悲痛な声音だった。

「恭平さん……」

私は彼を抱きしめることしかできなかった。

◆

それから数日後。いずみちゃんのSNSが更新された。

『お兄ちゃんおめでとう。子供が生まれたらきっと幸せに暮らしていくでしょう。世界一幸せになってね』

あまりにも突然のお祝いコメントで拍子抜けしてしまった。

『妊娠おめでとうございます』

『きっとお二人の子供ならかわいい子が生まれてくるね』

『妹さんの言葉を一時期は信じてしまいましたが、あれは本当に喧嘩だったのですね。勘違いしてしまってごめんなさい』

いずみちゃんの発言が発表されてからたくさんのお祝いコメントが届いたのだった。

「これで会社の信頼は完全に取り戻せると思う」

「そうだね。いずみちゃんとはこの先どうするの？」

「一度亀裂が入ってしまったからなかなか難しいかもしれない」

「そうだよね……」

関係が回復するまでは時間がかかるかもしれない。

だけど恭平さんにとっては大切な妹だからいずみちゃんも幸せに暮らしてほしいと願う。

「美佐子は、お腹の子供が元気に育つように母親はストレスを溜めないことだ」

「そうだね」

「いつかいずみにも、子供を抱っこしてほしいな」

どこか寂しそうな顔でつぶやいていた彼の横顔を、私は一生忘れることがないだろう。

第七章

あれからいずみちゃんとは音信不通だった。

事務所からの発表で『海外留学をすることを決意した』と報道されていたのを見たのが最後だ。

一連の事件が解決し、会社の売り上げは安定。宣伝効果があってさらに売り上げを伸ばし続けている。

結婚式の準備は順調に進んでいて、私は楽しく計画を立てていた。

恭平さんが帰ってきた。

今日はミネストローネだ。

一緒に食事をしながら他愛のない会話をして、今日あった出来事を報告しあう。

「提案なんだけど」

「ん？」

「いずみが出て行ったからあの一軒家には誰も住んでいない。子供が生まれてきたら一軒家でのびのび暮らさせてあげたいと思っていて、どこかに建てようとも思ったんだが親御さんが近くにいるほうがいいかなと」

「そうだね。子供が生まれたら、いろいろと母に手伝ってもらいたいこともあるし……」

「マイホームを建てたいという夢があったからどうしようかとも悩んだが、まずは落ち着くまで一軒家で暮らすのもいいかもしれないな」

「うん。そのほうが両親も安心すると思う」

言葉には出さなかったけれど、いずみちゃんが帰ってきたときにあたたかく迎えられる場所を作っておきたいとも思った。

「いずみちゃんが嫌じゃなければ一緒に住んでもいいよ」

恭平さんは目を大きく見開いた。そして次の瞬間ものすごくやさしい瞳に変わる。

「いずみのことまで考えてくれてありがとう」

私は頭を左右に振った。

いずみちゃんに浴びせかけられた言葉は、私を深く傷つけ恐怖に陥れた。だけどいつまでも許さないというのはそれも違うような気がする。

いずみちゃんが会いたいと言ってくれたら私は受け入れようと思う。

「体に負担になってはいけないから引っ越しは業者にすべてやってもらうことにしよ

う」

「多少なら大丈夫だよ」

恭平さんの気持ちが伝わってきて、感動がじんわり広がっていく。するとお腹の中がポコポコと動き出したのだ。

「あ、動いた」

「え！」

いつになく恭平さんは慌てた様子で椅子から立ち上がり私の隣にやってきた。そしてお腹に手を当てる。

「本当だ！」

お腹が大きくなってきた。そして胎動を感じるようになり、本当に赤ちゃんがいるんだなと感じる。

「未熟な二人かもしれないけれど、親として頑張っていこうな」

いつも完璧な彼から『未熟』という言葉が出てきて私は驚いた。でも私たちは親になるという経験をしたことがない。新米パパとママは協力していきたい。

「うん。恭平さんとなら楽しく子育てができそう」

「山あり谷ありだと思うけどな」

「たしかに」

「でも、楽しんでいこう」


早速二週間後には私たちは引っ越しをした。ほとんどなにもすることなく、体だけ移動したという感じだ。

母は特に喜んでいていつでも会えるからと満足そうだ。

「手伝うことがあったらなんでも言ってね、恭平君」

「ありがとうございます。お母さんがそばにいると心強いです」

「あら、まぁ」

語尾にハートマークがついているように聞こえた。

母は恭平さんのことをずっと大切に思っていて、すごくかわいがっている。

自分の夫が気に入られていて私も幸福感で笑顔が弾けた。

引っ越してきた夜は、肌寒いということもあって、実家で鍋を囲むことにした。

よく煮えた白菜を頬張りながら、幸せな時間をかみしめる。

「二人きりで結婚式をするの？」

両親にまた結婚式をすると報告をしたらとても驚かれてしまった。

「いいわね。お母さんも見に行きたいわ」

「でも今回は会社のプロモーションも兼ねてやろうと思っているから。二人きりでしか結婚式をしたくない人もいると思うんだよね」

「今回は美佐子が全部一人で考えてくれてるんです」

「そうなの？」

子供が生まれて落ち着いたら、ブライダルプランナーとして仕事を手伝いたい。その気持ちは恭平さんにゆっくり伝えようと思っている。

食事を済ませて私たちは家に戻ってきた。

歩いて行ける距離にあるというのはとても助かる。

（逆に恭平さんが気を使わないかな……）

「お母さんが頻繁に遊びに来るかもしれないけど大丈夫？」

「もちろん。両親が亡くなってからいつも気にかけてくれていたから、自分の親のように思っている」

穏やかな表情を浮かべて私に近づき抱きしめてきた。

「子供が生まれてくるのが楽しみだ。お父さんもお母さんも喜んでくれる。笑顔を見るのが楽しみで仕方がない」

私の両親を自分の親のように思ってくれている彼はいい人だなと思った。

◆

それから私は様々な場所とやり取りを重ねていた。

お腹の子供は順調に育っていて、結婚式の準備もとても順調だ。

そしていよいよクリスマス当日になり、私は恭平さんと車で軽井沢へと向かった。

プロモーションも兼ねているので映像として記録しておくためにカメラマンも付き添っている。

恭平さんには、当日までどんな内容になっているか一切知らせていない。

「冬の軽井沢で結婚式なんて考えてもいなかった」

「そうでしょ?」

驚いている恭平さん。私はにっこりと笑った。

軽井沢の別荘に着くと、まだ明るい時間だった。

そこでウエディングドレスとタキシードに着替える。

特別にデザインをしてもらった雪の結晶の入ったウエディングドレスはキラキラと

輝いていてとても美しい。

全面ガラス張りで外の見えるチャペルは、夕方を迎えてとても美しい景色になっていた。

本来は夏の青々とした木々を見てもらいながら結婚式を挙げるというのがコンセプトで作られたこのホテル。

なので、冬は来館数がとても少なかった。

誰もいないバージンロードを二人で歩く。ここには神父さんすらいない。本当に二人だけの空間だ。

スタッフにも極力邪魔をしないようにしてもらっている。

私たちはお互いに愛の言葉を伝え合う。

「俺はこれからも妻のことを一生愛し続けます。生まれてくる子供とあたたかい家庭を作ることを誓います」

「私は愛する夫を一生大切にします。美味しいご飯を作って癒しの空間を作ることができるよう努力することを誓います」

そして、私たちは誓いのキスをした。指輪はもう前回交換しているので、代わりにお揃いの時計を用意しておいた。

時間的に空は暗くなってきて、外の木々がライトアップされている。素敵なクリスマスの夜だ。

結婚式が終わると少し寒いけれど外で記念撮影をする。

あたたかい飲み物が提供され、焚《た》き火《び》も燃やされてるので寒さは和らぐ。

私は妊娠しているのであまり無理をしないようにと短時間で撮影を済ませた。

そして次に用意されているのは二人だけのフルコース。

外が見えるレストランは貸切で、結婚式にふさわしい料理をゆっくりと食べることができるのだ。

お客さんを招いての結婚式だと挨拶ばかりしていて、新郎新婦はほとんど食べることができない。

せっかくの美味しい料理なのに堪能できないのが残念だなと思って、ゆっくりと食事する時間をとってもらった。

ウエディングをイメージした特別なプレート。

全体的に白とピンクを使った料理をチョイスするようにお願いしてある。

前菜はホタテの冷製サラダ。

スープは北海道産じゃがいもを使ったポタージュ。

続いてタイのポワレが出てきて、ビーツを使ったピンク色のかわいらしいソースだった。しかもハートの形が描かれている。

お肉もデザートも手が込んでいて誰もが満足する料理だった。

そして最後には結婚式の写真が印刷されたケーキが登場する。

「サプライズだな」

「面白いでしょ？」

「わざとらしいぐらいが結婚式は思い出に残るんだ」

恭平さんが楽しんでくれているようで嬉しい。

その後はメイクを落としてもらって、全身マッサージをしてもらう。

それが終わるとゆっくりと二人で露天風呂に浸かる。

「気持ちがいいな」

「そうだね」

「プチ結婚式にちょっと贅沢な旅行プラン。いいアイディアだ」

「安定期に入ったら来るっていうのもいいよね。赤ちゃんができて体調の変化があって、不安なことも押し寄せてきて。私は本当に母親になれるのかなってナーバスになっている人もいると思う。そんなときにこうやってリラックスできる空間があったら最高じゃない？」

「そう思う」

彼は長い腕を伸ばして私のことを抱きしめてくれた。

お風呂のせいなのか、恥ずかしくてなのか。

頬が熱くなっている理由がわからない。胸がきゅぅとなる。

後ろから私のことを抱きしめる彼と一緒に空を見上げると満天の星が輝いていた。

「元気な赤ちゃんを産んでくれ。本当にありがとう。素敵な一日になった」

「こちらこそ。私と結婚してくれてありがとう」

しっかり体をあたためてお風呂から上がってきた。私たちは、部屋でのんびりした時間を過ごす。

お風呂から上がってきたら、妊娠していないカップルであればお酒を呑むのもいい。

私はホテルオリジナルのフルーツジュースを準備してもらった。

最後に静かで音のない空間の中でゆっくりと今日の思い出を振り返る。

「いい一日だった」

「恭平さんが喜んでくれてなにより。一緒に楽しい思い出を作れて本当によかった。

いろんな人にこの体験をしてほしいね」

「プロモーションビデオとして早速編集をして年明けから流させてもらおうと思っている」

「冬の軽井沢もいいなぁって、思ってもらえたらいいな」

「たしかにな」

「あと、たくさんの人を呼んで行う結婚式も素敵だけど、二人きりで愛を誓うというのもいいよね」

「あぁ」

やさしい声で同意してくれる。私はつい熱く語ってしまうのだ。

「ずっと考えてたんだけど、結婚式っていうだけじゃなくて……『二人の誓い愛プラン』とか『特別記念日プラン』とか、そういう感じがいいんじゃないかな」

恭平さんは納得したように頷いた。

「堅苦しいものじゃなく、ちょっとしたご褒美のような感じで使ってもらえたらいいよな」

「ウエディングドレスのレンタル数も増やしたらいいと思う。ウエディングドレスを着るのは一生に一度という感じがするけど、何度も着てもいいものなんじゃないかなって思うの」

「それはいい考えだ」

私たちは今日のことを振り返って話が盛り上がった。

自分たちが楽しかったことを話して、お客様にも喜んでもらえるプランになればいい。

ここのホテルに用意されている寝具は最高級のものだ。

体が包み込まれるような気持ちがいい寝心地。

朝を迎えて昨日の思い出に浸りながら朝食を食べて帰るという流れだった。

一度結婚式はしたけれど、また二人だけで誓い合ったこの時間は、かけがえのない大切なものになったのだ。

お客様に喜んでもらえる素敵なプランになるのではないかと確信した。

◆

年が明けて新しい年がやってきた。

プロモーションビデオが完成したということで、私もブログにアップしようと思っている。

映像を見るととても美しくて、心が震えた。

まるで短編映画を見ているみたいだった。

（感動しちゃうな……）

愛を誓い合うことって、何度も何度もやってもいい。ストレートに気持ちを伝え合うほうがわかり合えることもある。

夫婦として一緒に過ごす時間が増えていけば、お互いに感謝の気持ちを言ったり好きだという気持ちを伝えたりすることが減ってしまうかもしれない。

だけど私はこれからも彼にまっすぐに愛情を伝えていきたいと思った『誓い合い』でもあった。

一月八日
＝＝＝＝＝＝＝＝＝＝
タイトル『誓い合い』
こんにちは。

いつもブログを読んでいただきありがとうございます。

お腹の赤ちゃんが順調に育っています。

日に日に母親になるんだなと実感している毎日です。


さて私たちは最近二人きりの結婚式を挙げてきました。

結婚式と言うと固いものになってしまうので『誓い合い』と呼ぶことにします。

たくさんの人が祝ってくれる結婚式も素敵ですけど、静かなところで過ごす空間もとても心に残りました。


普段は仕事をしていて忙しい夫と、こんなにゆっくり話す機会がなかったので新鮮でした。

ウエディングドレスもまた特別に作ってもらい着ることができました。

〝DDD&M〟監修のレンタルもたくさんあるみたいなので、また何度も訪れて着てみたいなと思います。

赤ちゃんが生まれてからもまた行きたいです。

お料理もすごく美味しくて最高でした。

夫婦としてまた親として一歩ずつ歩みを進めていく決意です。

今回の私たちの様子をビデオにまとめてくださったので、もしよければご覧ください。

＝＝＝＝＝＝＝＝＝＝＝

リンク先と、ドレスの後ろ姿を添付してブログを投稿した。

どんな反応が返ってくるだろうかとちょっと怖かったが、どこか自信のあるプランだった。そして時間をおいてから画面を開いてみると、コメントが数えきれないほど届いていたのだ。

『本当に素敵なお二人ですね。私も主人と何度も誓い合いたいと思います』

『ウエディングドレスは一生に一度しか、着れないと思っていました。私も今度はカラードレスにチャレンジしてみたいです』

『こんなに素敵なプランがあるなんて！　早速私も結婚記念日に主人におねだりしたいと思います』

たくさんの明るいコメントが届いていた。

ブログをはじめた頃は、否定的な意見が届いたり、嫌なことを言ってくる人がいたり大変だった。気持ち的にしんどいと思ったこともある。

でも続けていたことでこうして今では味方になってくれる人がたくさんいて本当に心強い。

プロモーションビデオが公開されてから一週間。様々なところから連絡をもらった。

ブログを読んでくれている友人も電話をくれて、すごく素敵だと言ってくれたのだ。

『本当に素敵な旦那様と結婚したんだね』

「ありがとう」

『赤ちゃん生まれたら必ず教えて。お祝いに行くから』

「うん！」

私たちの結婚が偽装結婚だと報道されたとき、軽蔑すると言って離れていった友達もいる。

それでも私たちのことを信じて応援してくれた人もたくさんいた。

仕事から帰ってきた恭平さんは、興奮している様子だった。

「美佐子、冬だというのにものすごい数の式の注文が入っているようだ」

「そうなの？」

「喜ばしい。会社の売り上げも好調。危機は脱したと言っても過言ではない」

その言葉を聞いて私も安堵し涙があふれそうになった。会社を立て直したいとの気持ちで恭平さんと一緒になったのだ。

「美佐子のおかげだ」

やさしい瞳を向けられるので私は頭を左右に振った。

「そんなことないよ」

「これからも頼りにしている」

愛する人に頼りにしていると言われて私は素直に嬉しかった。私が喜ぶとお腹の赤ちゃんもポンポンとお腹を蹴ってくる。

私がにっこり笑うと、恭平さんは私のお腹にそっと手を当てた。

「大きく育つんだぞ」

日に日に恭平さんは父親らしくなっていく。

今は元気に子供が生まれてくるように体調を整えて毎日を過ごしていこう。

エピローグ

私は無事元気な女の子を出産した。恭平さんにそっくりで美しい顔をしている。

名前は、心美《ここみ》とつけた。心が美しい子供に育ってほしいと、恭平さんの願いだった。

「ふぎゃぁ」

「ここちゃん、どうしたの？」

泣いている赤ちゃんを私は愛情を込めて抱っこした。

お腹が空いていたのか私のおっぱいをゴクゴクと美味しそうに飲む。満足そうな表情を浮かべてまたぐっすりと眠った。

赤ちゃんのミルクの香りがして幸せな気持ちになる。

私が考えた『誓い愛』ブライダルプランはとても人気があるようで予約が殺到しているそうだ。私は子育てをしながらもたまに、企画書に意見を出させてもらうこともある。

やりたいことをやらせてくれる夫には感謝だ。

〝DDD&M〟とは完全に関係が修復された。

これで会社は安定した経営を続けていくことができるだろう。

のんびりと過ごしながら毎日を過ごして、無理をしない程度に料理も作っている。

「ただいま」

恭平さんが戻ってきた。

手洗いとうがいを済ませると真っ先に心美のところに行く。かわいくてかわいくて仕方がないと言った様子だ。

そして今日一日あった出来事を話す。

「ここちゃん今日はね、寝返りをしたの」

「成長してるんだな」

そんな報告を受けて嬉しそうにしてる彼の姿を見て、私も幸せになるのだ。

「きっと子供はすぐに大きくなっちゃうんだろうね」

「あぁ。今から嫁に出すことを想像すると切なくて涙が出てくるよ」

やさしく笑った彼の表情を見ていると私もあたたかい気持ちになる。

「そういえばこれが届いていたんだ」

いずみちゃんからのハガキだった。

『元気に過ごしていますか？　赤ちゃんはスクスク成長していますか？　本当に悪い

ことをしてしまったと今は反省しています。私は英語力を磨いて本格的に女優を目指そうと頑張っているところです。いつか赤ちゃんに会わせてください』

手書きの綺麗な文字で綴られていた。

「反省した気持ちは受け取ったから、笑顔で日本に帰ってきてほしい」

本心で言うと恭平さんは静かに頷いていた。

眠っている娘を見守ってから、ゆっくりと夜ご飯を食べる。

「今日も美味しい食事を用意してくれてありがとう」

恭平さんは、いつもありがとうと言ってくれる。感謝を忘れない人なのだ。

彼は私と娘が喜んでくれるならと、毎日仕事を頑張って、休日は家族のために時間を使って家族サービスを施す。だから私は恭平さんが仕事から帰ってきたら、のんびりとできる空間を作りたい。癒しの存在でいたいのだ。

私たちは気持ちが通じ合う前にすれ違いがあったけれど、乗り越えてくることができた。これからも家族でたくさん思い出を作って、幸せな時間を共有していきたい。

あとがき

こんにちは。ひなの琴莉と申します。

このたびは、こちらの書籍を手にしていただき、本当にありがとうございました。

もう気がつけば十一月。今年も終わってしまうのですね。

皆様は、どんな一年になりましたか？

私はマーマレード文庫さんの『イケメン社長と甘い溺愛生活』で書籍デビューさせていただきました。その時も十一月だったんです。十一月は私の誕生月でもあるので、ちょっと嬉しい気持ちです！

こうして、マーマレード文庫さんで五冊目の本を出すことができたのは、応援してくださる読者様のおかげだと心から感謝しております。

お手紙をいただけることが本当に嬉しくて、すごくすごく力をもらっています。

遅くなっても必ずお返事するので、ぜひご感想を送ってくださると嬉しいです。

今回は、大好きな『身ごもり』を書きました。

あとは、今の時代に合わせてＳＮＳも盛り込んでみました。いろんな情報があるからこそ、様々なことを考える時代でもありますよね。

最近、いろんな人の話を聞いていると、後悔しない人生を送るためには、自分がやりたいと思ったことを諦めないで、突き進むエネルギーが必要なのだと感じています。

こちらの話のヒーローもヒロインも『負けない心』で、様々な困難を乗り越えて幸せを勝ち取ったのでしょう！笑
少しでも、楽しんでいただけたなら幸いです！

今回もたくさんの方に関わっていただき、無事に出版に至ることができました。出版社様、編集のNさん、素敵なイラストを書いてくださった芦原モカ先生。心から感謝しております。

これからも大好きな小説の仕事を続けていけるよう精進してまいりますので、どうぞよろしくお願いいたします。

ひなの琴莉

マーマレード文庫

期間限定の契約妻ですが、
敏腕社長の激愛で身ごもりました

2023年11月15日　第1刷発行　定価はカバーに表示してあります

著者　ひなの琴莉　©KOTORI HINANO 2023
発行人　鈴木幸辰
発行所　株式会社ハーパーコリンズ・ジャパン
東京都千代田区大手町1-5-1
電話　03-6269-2883（営業）
0570-008091（読者サービス係）
印刷・製本　中央精版印刷株式会社

Printed in Japan ©K.K. HarperCollins Japan 2023
ISBN-978-4-596-52942-8

m a r m a l a d e b u n k o